新潮文庫

夏の夜の夢・あらし

シェイクスピア
福田恆存訳

目次

夏の夜の夢・あらし

夏の夜の夢

場所　アセンズ（アテネ）、およびその近くの森

人物

シーシアス　アセンズの大公

ヒポリタ　アマゾン族の女王、シーシアスと婚約している

イジアス　老人、ハーミアの父

ライサンダー／デメトリアス　ハーミアに恋する若者

フィロストレイト　シーシアスの式部長官

ハーミア　イジアスの娘、ライサンダーを恋している、小柄で黒髪

ヘレナ　デメトリアスを恋している、脊たかく金髪

ピーター・クィンス　大工

ニック・ボトム　機屋《はたや》

フランシス・フルート　オルガン修繕屋

トム・スナウト　鋳《い》掛屋《かけや》
ロビン・スターヴリング　仕立屋
スナッグ　指物師《さしものし》
オーベロン　妖精《ようせい》の王
タイターニア　妖精の女王
ロビン・グッドフェロー（またはパック）　茶目な小妖精

豆の花
蜘《く》蛛《も》の巣
蛾《が》
辛《から》しの種
（以上）妖精

その他の妖精、シーシアスとヒポリタの侍者たち

〔第一幕 第一場〕

1

シーシアスの宮殿内、大広間

二つの玉座のある小壇と煖炉《だんろ》とが、左右に相対している。正面、左右に戸口。その間の壁にも、中央に戸口があって、後方の大廊下に通じている。
シーシアスとヒポリタが登場、玉座につく。あとからフィロストレイトや侍者たちが出る。

シーシアス　さて、美しいヒポリタ、吾《われ》らの婚儀も間近に迫った。待つ身の楽しさもあと四日、そうすれば新月の宵が来る。それにしても、虧《か》けてゆく月の歩みの、いかに遅いことか！　この逸《はや》る心をじらせる。まま母や、やもめよろしく、朽ちはてた老いの身を生きながらえ、若い者に財産を譲るのを邪魔しているようなものだ。

ヒポリタ　でも、四度の日はたちまち夜の闇《やみ》に融《と》け入り、四度の夜もたちまち夢と消え去りましょう。やがて新月が、み空に引きしぼられた銀の弓さながら、式の夜を見守ってくれましょう。

シーシアス　行け、フィロストレイト、アセンズの若者どもの心を浮きたたせ、快楽の夢に誘うてくれ。憂鬱《ゆううつ》は葬式に背負わせてやるがよい。蒼白《あおじろ》い顔をした輩《やから》は、吾らの祝いにふさわしくないからな……（フィロストレイト、礼をして退場）ヒポリタ、私はあなたを求めるに剣をもってした。そうして、その心をかちえはしたものの、だいぶ手荒なまねをしている。が、婚儀となれば調子を変えて、はでに、賑《にぎ》やかに、いろいろ趣向をこらしたいものだ。

イジアスが娘のハーミアを引きずるようにして登場。つづいてライサンダーとデメトリアス。

イジアス（礼をして）御機嫌《ごきげん》うるわしゅう存じます、シーシアスの殿様！
シーシアス　おお、イジアス。どうかしたのか？
イジアス　困《こう》じはてて、まかり出ましてございます、はい、吾《わ》が子の、娘の、ハーミアのことで、どうにも我慢のならぬ事件が起りまして……これ、前へ出なさい、デメトリアス。殿様、娘との婚約を許した男にございます……さ、前へ、ライサンダー。さて、殿様、これが娘の心を迷わせた男でございます。お前は、お前は、ライサンダー、お前はあれに歌を贈ったり、恋の形身をとりかわしたりしたな。月夜の晩には、あの子の窓《まど》辺《べ》に忍びより、そらぞらしい声でそらぞらしい恋の歌などうたいおって。おまけに、自分の髪の毛で造った腕環《うでわ》や、指環や、やすぴかもの、さては、子供だましの装飾品やくだらぬ玩具《おもちゃ》の類《たぐ》いから花束、菓子にいたるまで——うぶな娘心を惑わす使者を次から次へと送ってよこし、いつのまにかあれの胸に己《おの》れの影を烙《や》きつけおったのだ。悪ずれのした手練手管《てれんてくだ》をもって、みごとに娘の心を奪い、当然ながら、かつては素直だったあの子を、どうにも手に負えない強情者にしてしもうた……かようなわけで、殿様、もしあれが、御前でデメトリアスとの縁組を承知いたしませぬとなれば、お願いでございます、どうぞ昔からのアセンズの法に訴えてくださいまし……娘は私のものでございますゆえ、その処分は私にお任せを。つまり、この若者に嫁《とつ》ぐか、死を選ぶか、それこそ、例の国法が、まさにこの場合、ものを言いますので。

シーシアス　どうだな、ハーミア？　よく考えるがよい。お前にとって、父親は神にひとしきもの、その美しい姿形を造った主。いわばお前は蠟人形《ろうにんぎょう》、それを型どったのがあの男の手だ、毀《こぼ》つも保つもあれの想《おも》いのまま……デメトリアスは立派な男だぞ。

ハーミア　ライサンダーも立派な方でございます。

シーシアス　もちろん、あれなりにな。が、この場合、父親の承諾が無い以上、夫としては、デメトリアスの方が優《まさ》っていよう。

ハーミア　父が私の目で見てくれたならと思います。

シーシアス　というより、お前の目の方で、父親の分別を備えるべきではないか。

ハーミア　でも、お許しくださいまし……どんな力がこうも私を大胆にさせますのやら、こうして御前で、自分の思いのままを申し立てたりいたしますのは、あまりにも慎みのないことかもしれませぬが、構いませぬ、もしデメトリアスを拒みましたなら、そのときはどんな重い罰がくだるのか、お教え願いとうございます。

シーシアス　死刑に処せられるか、さもなければ永久に世間との交りを絶つか……というのは、ハーミア、その胸の想いに訊《き》いてみるがよい、若さに問い、血にたずねてみるのだ、父親の心に随《したが》わぬとなれば、巫女《みこ》の装束に身を包み、永久に暗い神殿の奥ふかく閉じこもり、冷たい月に向って、消え入るような祈りの歌を口ずさみつつ、石女《うまずめ》の生涯を送らねばならぬのだが、それに耐えられるかとな……なるほど、たぎる血をおさえ、常《とこ》おとめの一生をすごすものこそ仕合せとも言えよう。しかし、薔薇《ばら》は摘みとられ絞りとられて、その香を残してこそ、この世の幸《さち》というもの、身を衛《まも》る刺《とげ》に囲まれて凋《しぼ》みながら、ひとり身の仕合せに生き、死んでゆくより、その方が遥《はる》かにましであろう。

ハーミア　むしろそのように生き、そして死んでゆきとうございます、この清いおとめのしるしを投げうち、心にそまぬ男に生涯を縛られる辛《つら》さを忍ぶくらいなら。

シーシアス　まあ、しばらく考えてみることだ、新月の宵まで待とう――愛するヒポリタと私との間に、とわの契《ちぎ》りが交《かわ》されるその日までな――よいか、その日が来たら、お前は父親の言いつけにそむいたかどで死ぬか、あるいはその思いのままにデメトリアスのもとに嫁ぐか、それともまた、月の女神《めがみ》ダイアナの祭壇に額《ぬか》ずき、永久に独身不犯《ふぼん》の誓いをたてるか、いずれにせよ覚悟を決めねばならぬのだぞ。

デメトリアス　折れてくれ、ハーミア――ライサンダーも、そんな危険を伴う要求を引きこめ、ぼくの正当な権利を認めてくれ。

ライサンダー　デメトリアス、きみは親父《おやじ》さんのお気に入りだ。ハーミアの心は僕に任せておいて、親父さんと結婚したらいい。

イジアス　悪態つきおって！　そのとおり、デメトリアスはわしの気に入りだ。そして、わしのものは、わしの気に入った男にやる。で、娘はわしのもの、したがって、娘に関するわしの権利は、ことごとくデメトリアスに譲渡するのだ。

ライサンダー　シーシアス様、身分にせよ、財産にせよ、私はいささかもデメトリアスに劣ってはおりませぬ。ただハーミアを想う気持は、私の方が優《まさ》っております。将来の見こみということにかけては――自分の方が有利とまでは言えぬにしましても――まず、デメトリアスと同様かと存ぜられます。それに、私が何よりも恃《たの》みとするのは、美しいハーミアの心をかちえているという事実でございます……とすれば、私として、この自分の権利を主張せずにおられましょうか？　一方、デメトリアスは、当人の面前ではっきり申しておきます、あのネダーの娘のヘレナに言いより、その心を得ているのでございます。いじらしいことに、ヘレナはすっかりのぼせあがってしまいました、心も空にのぼせあがり、のぼせにのぼせてこの穢《けが》らわしい浮気男を神と崇《あが》めている始末でございます。

シーシアス　じつは、その話、この耳にもよくはいっている。デメトリアスとも話しあいたいと思っていたのだ。自分のことに追われて、つい失念していた……（立ちあがる）そうだ、デメトリアス、イジアスも、一緒に来てくれぬか。二人だけに言いきかせたいことがある……が、ハーミア、お前はお前で、なんとか父親の心に随うよう考えなおしてみるがよい。さもなければ、アセンズの法律によって裁《さば》かれねばならぬ、これぱかりは、この身にもどうにもならぬのだが、死か、ひとり身の誓いか、お前はそのいずれかを選ばねばなるまい……さ、ヒポリタ、どうしたのだ？　デメトリアスもイジアスも、さ、行こう。二人には、婚儀について手つだってもらいたいこともあるし、今の問題についても、いろいろ相談したいことがある。

イジアス　はい、喜んでお供いたします。（ハーミアとライサンダー以外、全部退場）

ライサンダー　どうしたのだ、ハーミア？　頰《ほお》の色が冴《さ》えないではないか？　薔薇《ばら》の花が、こうも早く色あせるとは？
ハーミア　きっと、雨が降らないから……その雨を、この目からあらしのように降らせましょう。
ライサンダー　ああ、たまらない……（相手を慰めるように）今まで物語や歴史の本をいろいろ読んだことがあるが、まことの恋がおだやかに実を結んだためしはない。大抵、身分が違っているとか……
ハーミア　ひどい！　身分が高すぎるからといって、低い者を好きになれないなどと。
ライサンダー　年が違いすぎるとか……
ハーミア　そんな辛いことが！　年をとりすぎて、若い人には合わないなどと。
ライサンダー　さもなければ、友達の選択を押しつけられたり……
ハーミア　我慢できない！　他人の目で恋人を選ぶなどと！
ライサンダー　おまけに、やっと想いをとげたとなると、戦争とか、死とか、病気とか、きっとそんな邪魔がはいる――そうして、恋はたちまち消えてしまうのだ、音のようにはかなく、影のようにすばやく……そうなのだ、夢より短く……あの闇夜の稲妻《いなずま》よろしく、一瞬、かっと天地の全貌《ぜんぼう》を描きだしたかと思うと、「見よ！」と言う間もあらばこそ、ふたたび暗黒の腭《あぎと》に呑《の》みこまれてしまう、それと同じだ、すばらしいものは、すべてつかのまの命、たちまち滅び去る。

ハーミア　もし、そのとおり、まことの恋人たちがいつもそのような憂《う》きめに遭《あ》うものなら、それこそ宿命の逃《のが》れえぬ掟《おきて》。それなら、お互い苦しむ心に辛抱を教えましょう、世に定まる憂きめとなれば、仕方はない。物思いや夢や溜息《ためいき》、希望や涙、そういうじらしい恋のお伴《とも》の泉と同じに、それが恋の定めというのなら。

ライサンダー　そこまで思い切ってくれるのなら、それなら、ハーミア、聴《き》いてくれ。僕にはひとり身の叔母《おば》がある。夫に死なれ、遺産をたくさんもっていて、子供もいない。アセンズから、八、九里離れた田舎《いなか》に住んでいるのだが、その叔母は、僕を一人息子のように思っていてくれる……ハーミア、そこでなら結婚できる、そこまでは厳《きび》しいアセンズの法律も手が届かない。もし本当に僕を愛してくれるのなら、あすの晩、家をそっと逃げだしてくれないか。そして、町から一里ばかりのところにある、そら、いつか、五月祭の朝、さんざしの花を採りに行ったとき、ヘレナと一緒に会った、あの森で、僕は君を待つことにしよう。

ハーミア　うれしい、ライサンダー、あたし、誓います、キューピッドの一番強い弓にかけて、金の鏃《やじり》のついた一番いい矢にかけて、ヴィーナスのおとなしいお使い鳩《ばと》にかけて、心と心を結び合せ、恋を燃えあがらせる神にかけて、それから、あの不実なトロイ人イーニアスが船に帆をあげて去って行ったとき、それを眺《なが》めてカルタゴの女王が身を投じた焰《ほのお》にかけて、今までありとあらゆる男たちが破った誓いの数にかけて——女の誓いなど及びもつかぬその数にかけて——ええ、あらゆるものにかけて、今おっしゃった場所で、あした、きっと、あなたにお会いいたします。

ライサンダー　約束したよ、ハーミア……あ、あそこにヘレナが。

　ヘレナが大廊下のところを通るのが見える。

ハーミア　御機嫌よう、美しいヘレナ、どこへいらっしゃるの？

ヘレナ　（広間へはいって来ながら）美しいですって？　その「美しい」という言葉は取消しにして。デメトリアスはあなたの美しさに夢中なのだわ、幸福な美しいお方！　あなたの目は北斗星、あなたの舌はそよ風、麦は青く、さんざしが蕾《つぼみ》を開くころ、羊飼いの耳をなぶる雲雀《ひばり》の歌より、もっときれい……病気はうつるけれど、器量もそうなら、今ここで、ハーミア、あなたの美しさをうつして——あたしの耳にあなたの声を、この目にあなたの目を、そしてあたしの舌に、その舌のとろけるような調べをうつしてもらうのに……もし世界があたしのものなら、デメトリアスだけを取っておいて、あとはみんなあなたに上げてもいい。ああ、教えて、どんな目で見るの、どういうふうにして、あの人の心の動きを操《あやつ》るの？

ハーミア　いやな顔をしてやるの、それでもあたしが好きだと言うの。

ヘレナ　ああ、そのあなたのいやな顔が、あたしの笑顔に手管を教えてくれればいいのに。

ハーミア　さんざん悪口を言ってやるの、それなのにあたしを追いかけるの。

ヘレナ　ああ、あたしの祈りが、せめてそれだけの力をもってくれれば。

ハーミア　嫌《きら》えば嫌うほど、附きまとって離れない。

ヘレナ　慕えば慕うほど、あたしを嫌うの。

ハーミア　でも、ヘレナ、あの人の気違い沙汰《ざた》はあたしのせいではなくてよ。

ヘレナ　ええ、ただあなたの美しさのせいなのだわ。あたしのせいで、それが出来たらいいのだけれど。

ハーミア　御安心なさい、あたし、二度とあの人には会わないつもりよ。ライサンダーと一緒に姿を隠すの……そうなの、ライサンダーに会うまえは、楽園と見えたアセンズだったのに、ああ、この人のうちにはどんな魔力がひそんでいるのでしょう、ライサンダーは天国を地獄に変えてしまったのです！
ライサンダー　ヘレナ、君には何もかも打明けておこう。あすの夜、月の女神《めがみ》がその白《しろ》銀《がね》の面を水鏡にうつし、草の葉に真珠の露を宿すころ——まだ恋するものの忍び歩きも目立たぬ夜明けまえ——僕たちはアセンズの城門を脱け出す手筈《てはず》になっているのだ。
ハーミア　そして、あの森で、よくあなたと一緒に桜草の柔らかい花の褥《しとね》に寝そべって、お互いに心ゆくまで打明け話にふけったものだった、あの森で、あたしはライサンダーと落ちあって、アセンズの都を背に新しいお友達を求めて見知らぬ世界に旅立つの……さようなら、懐《なつ》かしいヘレナ。あたしたちのために祈って。あなたにも幸運が訪れて、めでたくデメトリアスと結ばれるように！　それでは、きっとよ、ライサンダー。お互いに会いたい気持をおさえましょう、あすの夜中までは。（退場）
ライサンダー　大丈夫だ、ハーミア……では、さようなら、ヘレナ、君がデメトリアスを想《おも》っているように、デメトリアスも君に夢中になることを祈っているよ！（退場）
ヘレナ　仕合せが、人によって、どうしてこうも違うのでしょう！　アセンズ中であの人に劣らぬ器量よしと思われていたあたし、でも、それがなんだというのでしょう？デメトリアスは、そうは思ってくれないのだもの。誰でも知っていることを、あの人だけは知ってくれようとしないのだもの。そう、あの人がハーミアの目に惹《ひ》かれて迷っているのと同じ、あたしはあの人のいいところにばかり憧《あこが》れているのかもしれない……どんな卑しい邪《よこしま》なものでも、もともとはっきりした形がないのだもの、恋するものはそれに立派な形を与えてしまうのだわ。恋すれば、誰も目では見ない、心で見るの。だから、翼をもったキューピッドは、いつもめくらに描かれている。それに、あの恋の神様にはちっとも分別がない。翼とめくら、それこそ、無鉄砲でせっかちな性質を表わしているのだわ。恋の神様が子供だと言われるのもそのせい、だって、始終、見当違いな見立てばかりしているのだもの。よくいたずらっ子がたわむれに誓いを破って人をかついだりするように、あの子供の恋の神様も、やたらに嘘《うそ》の誓いをたてる。デメトリアスがやっぱりそれ、ハーミアの目もとに気附くまえは、自分はこのあたしのものと、霰《あられ》のように誓いを浴びせておいて、だのに、それがハーミアの熱にふれると、本当にたわいのない、誓いの霰はたちまち溶けてしまって……でも、ハーミアが逃げようとしていることを知らせてやろう。そうすれば、あすの晩、あの人は森まで追って行くでしょう。そのことを知らせてあげて、お礼を言ってもらっても、このあたしには大きな痛手だけれど。でも、そうすれば、往《ゆ》き復《かえ》りにあの人の姿が垣間《かいま》見られる、そうしてあたしは、自分をもっと苦しめてやりたいの。（退場）

〔第一幕 第二場〕

2

ピーター・クィンスの家

クィンス、ボトム、スナッグ、フルート、スナウト、スターヴリング。

クィンス　みんな揃《そろ》ったか？

ボトム　その書附どおり、綜合的《そうごう》に、つまりめいめい、呼んでみるのが一番いいやな。

クィンス　この書附はだ、殿様の結婚式の夜、御前でやる俺たちの狂言に、芝居のやれそうな奴の名前を、アセンズの町中から選んで書きだしたものなんだ。

ボトム　で、第一に、ピーター・クィンス、その芝居の中身を話してくれ。そのあとで役者の名前を読みあげて、話はいよいよそれからだ。

クィンス　もっともだ、その狂言というのは、世にもあわれな喜劇で、ピラマスとシスビーの世にも酷《むご》き死を扱ったものなのさ。

ボトム　そいつはいいに決っている、それにきっとおもしろくて……ところで、ピーター・クィンス、その書附にある役者の名前を読みあげてくれないか……さ、みんな、散らばったり、散らばったり。

クィンス　よし、呼ぶから、返事をしてくれ。ニック・ボトム、機屋《はたや》。

ボトム　おい、きた。役を言ってくれ、それがすんだらお次だ。

クィンス　お前はだ、ニック・ボトム、ピラマス役となっている。

ボトム　ピラマスってなんだ？　二枚目か、それとも敵役《かたきやく》かね？

クィンス　二枚目で自殺する、恋のためにな、すごく勇ましい男だ。

ボトム　そいつは、うまくやってのければ、客に涙を絞らせることだろう。俺がそれをやるとなったら、見物は眼玉の用心をしなくてはなるまい。大あらしを捲《ま》き起して、多少は悲《ひ》歎《たん》にかきくれて見せる……さて、お次――だがな、俺の一番やりたいのは敵役なのだ。たとえば、アーキュリーズとか、猫を八つ裂きにする役とか、そんなものなら天下に並ぶものなし、小屋中をわっと沸きたたせて見せるんだがな。

　厳然たるかな　巌石《がんせき》
　慄然《りつぜん》として　破裂し
　忽然《こつぜん》として　形なし
　　獄門の閂《かんぬき》
日の神　車を駆り

遥《はる》かに　光を送り
見事　愚弄《ぐろう》せん
・　愚鈍なる運命神……
荘厳だったぜ……さ、おあとの役者の名前を言ってくれ……今のはアーキュリーズの文句だ、敵役のな。二枚目となると、もっとあわれになる。
クィンス　フランシス・フルート、オルガンなおし。
フルート　おい、きた、ピーター・クィンス。
クィンス　フルート、お前さんには、シスビー役をやってもらう。
フルート　シスビーっていうのは、なんだ？　武者修行の騎士か？
クィンス　お姫様だ、ピラマスが恋する相手だ。
フルート　いやだよ、女形はごめんだ、ひげが生えかかっているのでな。
クィンス　どっちみち構うことはない。面をかぶればいい。出来るだけ小さい声で喋《しゃべ》るのだ。
ボトム　顔を隠していいなら、シスビーも俺にやらせてくれ。たまげるほどかぼそい声で喋って見せる……聴いてくれ、こんな調子でな――「ああ、ピラマス、吾がいとしの君、そなたのいとしのシスビー、いとしの姫はここに」

クィンス　もういい、もういい、お前さんにはピラマスをやってもらうのだ。フルート、お前さんはシスビーだよ。
ボトム　よし、おあと。
クィンス　ロビン・スターヴリング、仕立屋。
スターヴリング　おい、きた、ピーター・クィンス。
クィンス　ロビン・スターヴリング、お前さんにはシスビーのおふくろをやってもらう……トム・スナウト、鋳掛屋《いかけや》。
スナウト　おい、きた、ピーター・クィンス。
クィンス　お前さんにはピラマスの親爺《おやじ》さんをやってもらう。おれはシスビーの親爺だ。指物師《さしものし》のスナッグ、お前さんの役はライオンだ。これで配役は終ったな。
スナッグ　ライオンの役はもうせりふが出来ているのかい？　出来ているなら、早速《さっそく》もらっておこう、俺は覚えが悪いんだ。
クィンス　覚えなくてもいいのだ、吠《ほ》えるだけだから。
ボトム　ライオンも俺にやらせてくれ。大いに吠えてやる、一声聞けば、みんな、すっかり嬉《うれ》しがってしまうだろう。大いに吠えてやる、一声聞けば、殿様はこう言うに決っている、「もう一度吠えさせてみい、もう一度」ってな。

クィンス　あまりものすごくやられたひには、奥方や貴婦人連が震えあがって、金切声をあげるだろう、そんなことになってみろ、間違いなし、俺たちはみんな縛り首だ。

一同　そうよ、縛り首になってしまう、一人残らずな。

ボトム　それはそうだ、貴婦人連が気絶しようものなら、みんな度を失って、俺たちを縛り首にするに決っている。だが、大丈夫、俺は囁《ささや》くがごとき大音声《だいおんじょう》で、小鳩のように吠えてみせる。ナイチンゲイルみたいな声で吠えてやる。

クィンス　お前さんはピラマスしかやれないね、ピラマスは優男《やさおとこ》だからな、めったにお目にかかれないいい男なんだ、すてきな、しかも身分のいい男でな、だから、どうしたってお前さんにやってもらわなければだめなんだ。

ボトム　なるほど……よし、引受けた……ひげは何色にしたら一番あうかね？

クィンス　それは、好きにしたらいい。

ボトム　麦藁色《むぎわらいろ》にするか、赤茶色にするか、それとも唐紅《とうべに》とゆくか、いっそ、あの真黄《まっき》色《いろ》のフランス金貨色というのがいいか。

クィンス　なるほどフランスの金柑頭《きんかんあたま》は、黴毒《ばいどく》の毛無しだ、だから、お前さんもひげ無しでやったらいい……（一同に紙片を配る）それはそれとしてだ、みんな、ここに役のせりふが書いてある、そこでお願いがある、つまり頼みだ、希望だ、その文句をめいめいあすの晩までに覚えておくこと。それからだ、町から半道ばかりのところに、それ、殿様のお館《やかた》の森がある、月もあることだ、みんなあそこで待っていること。いいか、稽古《けいこ》はそこでやる。街なかでやったら大変だからな、人だかりがして、たちまち計画がばれてしまう。さて、それまでにと、俺は芝居に必要な小道具の目録をこしらえておくからな……みんな、しっかり頼んだよ。

ボトム　よし、手順はわかった。あそこなら見られっこなし、思いきって公然猥褻《わいせつ》に稽《けい》古《こ》が出来るというもんだ……みんな、頑張《がんば》ってな、完全無欠とゆこうや。じゃ、さようなら。

クィンス　お館の樫《かし》の木のところで待っているんだぞ。

ボトム　わかったよ、矢でも鉄砲でも持ってこいってんだ。（一同退場）

〔第二幕　第一場〕

3

アセンズ公の森

町から一里ばかり離れたところにある。木の切りはらわれた大地は凹凸《おうとつ》があり、苔《こけ》が生えている。その周囲に繁《しげ》み。月が出ている。
パックと妖精《ようせい》とが別々のところから出て来る。

パック　おや、妖精じゃないか！　どこへ行くの？

妖精
山を越え　谷を越え
繁み　いばらを　かいくぐり
庭や垣根を　下に見て
流れに浮び　火にも舞い……
心のままに　駆けめぐる……
月より早い　この翼
妖精の女王様の　お言いつけ
緑の芝の　濃い輪形
一夜の舞いの　そのあとを
露で濡《ぬ》らしに　出かけます……
粋《いき》な桜草は　お小姓衆

それ　金の上衣《うわぎ》に　ぴかぴかと
あれはルビー　女王様の贈り物
一つ　一つに　香《かお》りがこもる……

これから露をさがしに行かなければ、そうして桜草という桜草の耳たぶに、真珠の玉をかけてやらなければ……さようなら、お茶目さん、もう行きます――女王様とおつきの妖精たちはすぐ来てよ。

パック　でも、妖精の王オーベロン様が、今夜、ここでお酒盛をなさるのだって。女王様は姿を見せないようにしたほうがいいと思うな。このごろ、王様はとても機嫌《きげん》が悪くて怒りっぽいのだよ。そら、女王様のお小姓にかわいい子がいるだろう、インドの王様から盗んで来た子で。あんなきれいな子供は女王様も始めてなのさ。オーベロン様はそれが羨《うらや》ましくてたまらないのだ。森を駆けめぐるときの供頭《ともがしら》にしたいとおっしゃったのだけれど、女王様はどうしても手放したがらない、その子に花の冠を作ってやったりして、まるで舐《な》めるようなかわいがりようなのだって。だものだから、王様と女王様とは、寄ると触《さわ》るといさかいばかり、森で会おうと野で会おうと、清らかな泉のほとり、光に濡れた星の夜、ところきらわず騒ぎが起る――それで、おつきたちも、すっかりおびえてしまい、みんな、どんぐりの中にもぐりこんで出て来ないのだよ。

妖精　その体つき、もしあたしの間違いでなければ、あなたは、あのすばしっこい、いたずらっ子の妖精、ロビン・グッドフェローに違いないわ。あなたではない？　碾臼《ひきうす》がひとりでに動くようにして、村の娘を驚かしたり、どこかのおかみさんが息を切らしてミルクを掻《か》きまわしているそばから、その上ずみのクリームを掬《すく》いとって、むだ骨おらせたり、そうかと思うと、ビールの酵母《こうぼ》を泡立《あわだ》たなくさせたり、夜道を歩む旅人を迷わせたり、そうして人が困るのを見ておもしろがっている。そのくせ、ホブゴブリン様とかあたしのパックとか呼んでくれる人たちには、いろいろ力になってやり、幸運を授けるという、そのパックさんではなくて、あなたは？

パック　おっしゃるとおり。ぼくは夜をさまよう浮かれ小坊主。オーベロン様にもふざけてやるんだ。牝《めす》の仔馬《こうま》に化けて、ひひんと啼《な》いて、太っちょの、豆をたらふく食った牡馬《おうま》をだまして見せようものなら、オーベロン様はにっこりなさる。ときには焼林檎《やきりんご》に化けて、お喋《しゃべ》り婆《ばあ》さんの薬酒のなかにもぐずりこんで、婆さんがそれを飲むのを待っている。一口つけるやいなや、ぼくは脣《くちびる》をはねとばし、そのしなびた胸に酒をこぼしてやるんだ。どこかの分別顔の小母さんが、糞《くそ》おもしろくもない話を始めるとする。で、ぼくを三脚椅子《いす》と間違えて腰かけようとしたとたん、ぼくはひょいと体をかわした、小母さんはどたんと尻《しり》もち、「こいつめ」とどなった拍子にごほんと咳《せ》きこむ、というわけで、仲間の妖精たちは尻をたたいて笑いころげ、すっかり嬉しがって、くしゃみの連発、こんな愉快なことは始めてだと、口々に騒ぎまわる始末……おっと、どいた、妖精さん、オーベロン様があそこを。

妖精　それに女王様が向うから。王様、あのまま行っておしまいになればいいのだけれど。

空地は、突然、妖精たちの群れに占拠される。両側からオーベロンとタイターニアが出て来て、見あう。

オーベロン　月の夜に悪い出会いだな、高慢ちきのタイターニア殿。

タイターニア　そういうあなたは、嫉妬《しっと》ぶかいオーベロン様！　さあ、みんな、お逃げ——あの人の寝間はおろか、そばにも寄らぬと、心に誓ったあたしなのだから。

オーベロン　待て、世間知らずのわがままもの。このオーベロンはお前の夫ではないのか？

タイターニア　それなら、あたしはあなたの奥方というわけ。でも、知っています、あなたはこの妖精の国をそっと脱けだし、羊飼いのコリンに化けて、一日中、麦笛を吹きならしたり、恋歌をうたったり、あの浮気な田舎娘のフィリダをものにしようと夢中になっておいででした。いえ、どうしてここへ帰っていらしたのです、あのインドの遠い山の果てから? 決っている、あの思いあがったアマゾン女を、あなたのいいひと、狩装束の女丈夫を、シーシアスとめあわすために違いない。その二人の新床《にいどこ》に喜びと栄えをもたらすために、帰っていらしたのだ。

オーベロン 恥ずかしくないのか、タイターニア、あのヒポリタの信頼を、そんなふうにあてこすったりして? お前とシーシアスとのこと、もうこっちには筒抜けだ、それを知らぬお前でもあるまいに。あの男が無理じいに妻にしていたペリグーナを棄《す》てたのも、お前があれを星明りの夜、ひそかにおびきよせたからではなかったか? そればかりではない、シーシアスに美しいイーグリーズとの誓いを破らせたのもお前ではなかったか? いや、アリアドニとの誓いも、アンタイアパとの誓いも、そうして破らせたではないか?

タイターニア それもこれも、嫉妬がつくりあげた根無しごと。この夏の始めから、そうしていつもうるさく詮議《せんぎ》だてばかり、ええ、丘のうえ、谷の底、森のなか、緑の牧場、小石でかためた泉のほとり、藺草《いぐさ》の茂る流れのきわ、海をふちどる砂浜、どこであろうと、あたしたちが笛吹く風に踊り楽しもうとしていると、きっと姿を現わして、せっかくの輿を台なしにしておしまいになる。おかげで、吹いてよこす笛の音もいたずらと知った風は、仕返しに海から毒気に満ちた霧を吸いあげ、陸に降らせたのでしょう、河という河はふくれあがり、大地を水びたしにしてしまいました。軛《くびき》を力一杯ひいた牛も、額に汗を流した百姓も、みんなむだ骨おり。緑の麦穂もまだ芒《のぎ》の出ぬうちに立ちぐされ、泥海さながらの田畑には、羊の檻《おり》が空《から》のまま横たわり、その家畜の屍《しかばね》を餌《えさ》に、烏《からす》ばかりが肥えふとる。モリス遊びのために造った溝《みぞ》も泥にうずまり、渦巻形に凝って造った迷路遊びの道も、踏む人もなく草はぼうぼうと伸び放題、今はそれとわからぬ有様。人間どもは冬着を恋しがり、豊穣《ほうじょう》を祈って踊り明かす夏の一夜もどこへやら。潮の満ち干を司《つかさど》る月の女神も、怒りに顔を曇らせ、大気に湿りを与える、おかげで病人ばかりふえる始末。どうやら、季節がすっかり狂ってしまったらしい。老いた白髪の霜が、紅薔薇《べにばら》のみずみずしい膝《ひざ》のうえに降りたつかとおもうと、冬将軍の禿《は》げあがった冷たい氷の頭上に、それを嘲笑《あざわら》うつもりか、ふくよかに香る夏花の蕾《つぼみ》が、花環《はなわ》のように飾られる。春、夏、みのりの秋、きびしい冬、それらがお互いに着なれた仕着せをかえっこしてしまったのです。人間どもは、すっかりとまどってしまい、その時々の自然の装《よそお》いを見ただけでは、今がいつやら、さっぱり季節がわからなくなっています……そして、こうした禍《わざわ》いも、つまりはあたしたちのいさかいから、不和から生じたもの、あたしたちこそ、その本家本元なのです。

オーベロン それなら、自分でなおすがよい。禍いの根はすべてお前のうちにある。なぜタイターニアは夫のオーベロンに楯《たて》つくのだ？ 俺《おれ》は、ただ、あの子を小姓に貰《もら》いうけたいと言っただけなのだ。

タイターニア それだけは、お諦《あきら》めいただきましょう。妖精の国を全部もらっても、あの子は手ばなせない。あれの母親はあたしの信者でした。あのインドの、かぐわしい夜の空気に包まれて、よくいろんな話をきかせてくれました。昼は、大海を見はるかす黄色い砂原で、遠く潮路《しおじ》をたどる商船を眺《なが》めては、その数をかぞえ、その帆が浮気な風をはらんで、大きなお腹《なか》のようにふくれあがるのを、一緒に声をたてて笑ったこともある。あれは船のあとを追うように、泳ぐようなかわいい足どりで――そのころはもう、あの子を身籠《みごも》っていて、けっこう大きなお腹をしていたものだから――その帆かけ船のまねをして、浜を滑《すべ》るように走りまわり、いろんなものを拾って来て、この手に渡してくれたものでした、航海を終えて戻ってきた商船が、たくさんおみやげを積んでくるように。でも、やっぱり人間、お産で命を落しました。その女のために、あたしはあの子を育てているのです。あの女のために、あの子を手ばなすわけにはゆきませぬ。

オーベロン この森にいつまでいるつもりだ？

タイターニア　たぶん、シーシアスの婚礼がすむまでは。もしあなたがあたしたちの踊りにつきあってくださり、月夜の宴《うたげ》を見てやろうとおっしゃるなら、どうぞ御一緒に。それがおいやなら、さあ、どこへでもいらしてください。あたしもそのお邪魔はいたしませぬ。

オーベロン　あの子をよこすがよい。そうすればどこへでもついて行こう。

タイターニア　たとえ、あなたの妖精の国をくださっても、それだけはだめ……妖精たち、さあ、行きましょう！　いつまでもいると、喧嘩《けんか》になる。（怒ったまま、供をつれて退場）

オーベロン　そうか、勝手にするがよい。が、森からは一歩も出さぬぞ、この無礼の仕返しがすむまではな……おお、パック、ここへ来い……覚えていような、いつかのことを。それ、俺は岬《みさき》の出ばなに腰をおろし、人魚が海豚《いるか》の背で歌っているのを聴いていた。そのうっとりするような美しい声音《こわね》に、さすがの荒海もおだやかに凪《な》ぎしずまり、天上の星も、その歌の調べを聴こうとして、狂おしく騒ぎたったものだ。

パック　ええ、覚えていますとも。

オーベロン　その時のことだ、ふと見ると――お前は気がつかなかったろうが――あのキューピッドが、冷たい月とこの地球の間を飛びめぐり、弓に矢をつがえて、何かをねらっている。その的は西方に玉座を占めるヴェスタ星、つまりあの美しい処女王だった。恋の矢は勢いよく弓弦を離れ、千万の若い心を射ぬくかと見えたが、さすがのキューピッドの燃ゆる鏃《やじり》も、氷の月の清い光に打ち消され、処女王は無傷のまま立ち去ってしまったのだ、無垢《むく》の想いにつつまれ、恋の煩《わずら》いも知ることなく……が、それはさておき、俺の目はキューピッドの矢が落ちた場所をとらえたのだ。西のかた、そこには小さな花があって、それまで乳のように真白だったものが、恋の矢傷を受けて、たちまち唐紅に変じてしまった――娘たちはその花を「浮気草」と呼んでいる……じつは、それを摘んで来てもらいたいのだ、いつか見せたことがあるな、その汁を絞って、眠っているまぶたのうえに塗っておくと、男であれ女であれ、すっかり恋心にとりつかれ、目が醒《さ》めて最初に見た相手に夢中になってしまうのだ、その草を取って来てくれ、すぐに戻って来るのだぞ、鯨が一里と泳がぬうちにな。

パック　地球ひとめぐりが、このパックにはたった四十分。(すぐ消え去る)

オーベロン　その汁を手に入れたら、タイターニアが寝るときをうかがって、それをまぶたに一たらしだ。そうすれば、あれは目が醒めて、一番最初に見るものを――その相手が獅子《しし》であろうと、熊であろうと、狼《おおかみ》、野牛、なんでもござれ、おせっかいのえて公の尻まで――夢中になって追いまわすのだ。そのまじないを解くまえに――それはまた別の草を使えば、わけなく出来る——が、そのまえにあの小姓を手放させるという段どりだ。おや、誰か来たな？　俺の姿は見えない、ひとつ、立ち聴きをしてやろう。

デメトリアス登場。ヘレナが追って出て来る。

デメトリアス　もう愛してはいないのだ……あとを追いかけるのはやめてくれ。ライサンダーとハーミアはどこへ行った？　一人はかならず殺してやる……が、もう一人には殺される。二人がこの森に逃げこんだと言うから、こうしてここへ来たものの、気が気ではないのだ、木ばかり繁《しげ》って、当のハーミアはどこにも見えない。さあ、帰ってくれ、もうついて来ないでくれ。

ヘレナ　あなたがあたしを引きよせるのよ、あなたの心臓は鋼《はがね》のように残酷な磁石なのだもの。でも、あたしはただの鉄ではない、当然だわ、このあたしの心臓は鋼のように変らない忠実な愛情なのですもの……ええ、待っていてあげる、あなたのその引力が消えてなくなるまで、そうすれば、あたしの力も抜けおちて、あなたを慕う気持もなくなるでしょう。

デメトリアス　僕が君の気をひいたと？　何かうまいことでも言ったと言うのか？　そ

れどころか、はっきり言っているじゃないか、愛してもいないし、愛することも出来ないと？

ヘレナ　そう、だから、いっそう好きになるの。デメトリアス、あたしはあなたのスパニエル犬、ぶたれればぶたれるほど、尾をふってまつわりつくの。ええ、あなたのスパニエルにしていただくわ。蹴《け》ってちょうだい、ぶってちょうだい、知らん顔をしようと、忘れてしまおうと構わない。ただ、許していただきたいの、なんの値うちもない女だけれど、せめておそばにだけは居させて。あなたのお心のうちに、それより小さな場所を求めることが出来るかしら？——あたしには、それだけで、もう十分立派な地位だけれど——飼犬なみに扱ってくれと言っているのだから。

デメトリアス　君を真底から嫌いになるようなことを言わないでくれ。正直な話、君がそばにいると、たまらなくなるのだ。

ヘレナ　あたしは、あなたがそばにいないと、居ても立ってもいられなくなるの。

デメトリアス　君はたしなみというものを、考えなさすぎる、人里を離れ、すすんで吾《わ》が身を、愛してもいないものの手に委《ゆだ》ねるなどと。それに夜だ、どんなことが起るか知れたものではないし、人目のないこんな場所では、どんな邪心が萌《きざ》さぬともかぎらない。それを、その貴い無垢《むく》な体で。

ヘレナ　でも、あなたの徳がその守り手。あなたのお顔を見てさえいれば、夜ではない。今も夜だとは思いません――それに、この森だって、人目のない場所ではない、あたしにとっては、あなたが全世界なのだもの。どうして一人だなどと言えて、こうして全世界があたしを見つめているのに？

デメトリアス　いよいよ逃げの一手だ、藪《やぶ》のなかへでも隠れるよりほかに手はない。君のお相手は、森の獣たちに頼むとしよう。

ヘレナ　どんな猛獣だって、あなたほど残酷ではない。お逃げなさい、いつでも。そうすれば、話が逆になる、アポロが逃げて、ダフニが追いかけるのだもの、鳩《はと》が鷲《わし》を追い、かよわい牝鹿《めじか》が虎《とら》をつかまえようとして懸命にあがくのね……でも、いくらあがいても、むだ、追うのが弱いもので、逃げるほうが強いのですもの。

デメトリアス　一々返答している暇はない――さあ、行かせてくれ。どうしてもついて来ると言うなら、あまりいい気になってはいけない、森のなかでどんな目に遭《あ》わぬともかぎらないからな。（退場）

ヘレナ　そうよ、神殿でも、町なかでも、野山でも、あたしはずいぶんひどい目に遭わされました。ひどいわ、デメトリアス！　あなたの仕打ちは、女全体にたいする辱《はずか》しめよ。女には出来ない、愛情に戦いをいどむなどと、それが男には出来るのね。女は言いよられるもの、言いよるものではないのだわ。でも、あたしはついて行くの、そしてこの地獄の苦しみが、天国の喜びに変るのを待つの、これほど愛している人の手にかかって死ねさえすれば。（あとを追う）

オーベロン　仕合せを祈るぞ、森の精。男がこの森を出ぬうち、お前の方が逃げる役、うるさく口説かれるようにしてやろう……

パックが帰って来る。

オーベロン　花を持って来たか？　御苦労だったな、風来坊殿。

パック　もちろんですよ、このとおり。

オーベロン　さあ、よこせ……そうだ、あそこに堤がある。麝香草《じゃこうそう》の花が咲きみだれ、桜草が伸び、菫《すみれ》は風に吹かれ、そのうえに、甘い香りの忍冬《すいかずら》、野薔薇《のばら》、麝香いばらが天蓋《てんがい》のように蔽《おお》いかぶさっている。タイターニアは、夜になると、ときどきそこへ出かけて行き、踊りに酔い、眠りに誘われ、その花のなかで夢を結ぶ。すると、蛇《へび》がエナメルの皮を脱ぎ、妖精の身を包むのにちょうどよい着物を残してゆく。そのときだ、この草の汁をまぶたに塗りつけてやるのは。それでよい、あれの心に、忌《いま》わしい想いがむらむらと湧《わ》きあがる……お前も少し持って行くがよい、大いに、森のなかを駆けずりまわってもらわねばならぬ。ある美しいアセンズの娘が恋をしている。だが、相手の若者は女を嫌っているのだ。その男の目に汁を塗りつけてやれ――ただ、目が醒めて最初にその女の顔を見るようにしておいてくれ。男はすぐわかる、アセンズの服装が目じるし、気をつけるのだぞ、いま想われている以上に、相手を想うようにしてやる。それがすんだら、一番雞《いちばんどり》が鳴くまえに、かならず戻って来るようにな。

パック　御心配御無用、王様、きっとお言いつけどおりに。（二人、別れ去る）

4

〔第二幕　第二場〕

森のなか、別の場所

芝生。後方に大きな槲《かしわ》。そのうしろが高い堤になっており、蔦《つた》が垂れさがっている。その一端はさんざしの繁《しげ》み。むせかえるような花の香。

タイターニアが堤の裾《すそ》の花床に横たわっている。その他、妖精たち大勢。

タイターニア　さ、今度は輪になって踊っておくれ、妖精の歌も。それがすんだら、行ってもよい。そう、ほんの一節――麝香いばらの蕾《つぼみ》の毛虫を殺しておいで、蝙蝠《こうもり》と戦って翼の皮を剝《は》ぎとり、小さな妖精たちの着物を造っておやり、それから、夜毎《よごと》にほうほう鳴いて、かわいい妖精たちをこわがらせるうるさい梟《ふくろう》を追い払って来ておくれ、頼みましたよ、みんなで手分けしてね……さあ、そのまえに歌をうたって寝かしつけておくれ。仕事はそのあとで、あたしはそのあいだ一休みさせてもらおう。

妖精の歌

舌のわかれた　まだらの蛇に
棘《とげ》をはやした　針鼠《はりねずみ》　それ
消えて無くなれ　姿を隠せ
いもり　とかげも　わるさをやめろ
女王様が　おやすみなさる
さあ　鶯《うぐいす》よ　節おもしろく
歌っておくれ　ゆりかごの歌を

〔Ⅱ-2〕4

ララ・ララ・ララバイ
ララ・ララ・ララバイ
寄るな　まがごと　あやしきまじない
おやすみなさい　女王様
ゆりかごの歌に　耳かたむけて

第一の妖精
ここでは蜘蛛《くも》も　巣を張るな　それ
足長蜘蛛に　黒かぶと虫
寄るな　さわるな　姿を隠せ
毛虫も退《さが》れ　でんでん虫も
女王様に　無礼はならぬ
さあ　鶯よ　節おもしろく
歌っておくれ　ゆりかごの歌を
ララ・ララ・ララバイ
ララ・ララ・ララバイ
寄るな　まがごと　あやしきまじない

おやすみなさい　女王様
ゆりかごの歌に　耳かたむけて
（タイターニアは眠りに入る）

第二の妖精

さあ　あちらへ　もう大丈夫
一人は歩哨《ほしよう》に　残しましょう
（妖精たちはそっと立ち去る）

オーベロンが現われ、堤のうえを飛びまわる。やがて降り立ち、タイターニアの目に花の汁を塗る。

オーベロン　目が醒《さ》めて何を見ようと、それが、お前のまことの恋人、そいつに恋い焦《こが》れて、苦しむがよい。山猫けっこう、猫でも熊でも遠慮は要《い》らぬ、豹《ひよう》もいいぞ、針毛の猪《いのしし》でも、眠りから醒めて、その目が最初に見とめたもの、そいつがお前のいい男。いいか、何か忌わしいものが近づいて来たとき、その眠りから醒めるがよい。（消え去る）

ライサンダー登場。その腕のなかにはハーミアがもたれかかっている。

ライサンダー　ハーミア、疲れたらしいね、森のなかを歩きまわったので。正直のところ、僕にも道が解らなくなってしまったのだ。すこし休んで行こう、よかったら。夜が明ければ大丈夫、それまで待つことにしよう。

ハーミア　そうしましょう、ライサンダー。どこか、横になれる場所を。あたしはこの堤を枕《まくら》にやすみます。

ライサンダー　芝は一つでも、二人分の枕に十分だ。心は一つ、ふしども一つ、二つの胸を一つの誠に。

ハーミア　いけません、ライサンダー。お願いだから、もっと離れて。そんなにそばによってはだめ。

ライサンダー　ああ、誤解してはいけない、なんの底意があるものか！　愛するもの同士に、註釈《ちゆうしやく》は要らない。つまり、僕の心は君の心に結ばれている、したがって、二人でいても心は一つという意味だ。それから、この二つの胸は一つ誓いにつながっている、だから、二つの胸を一つの誠にさ。それなら、そばに寝たからって、何も言うことはないだろう、こうして君の横に寝ても、けっして邪《よこしま》な夢は見ないから。

ハーミア　けっこう、うまいことをおっしゃる。いいえ、あたしこそ、ふしだらで、卑《いや》しい女ということになる、もしあなたがそんな邪な夢をいだいているなどと言ったら。でも、お願いします、愛と慎みのために、もっと離れて――それこそ、たしなみというものでしょう。結婚まえの純潔な男女にふさわしい隔りを、そう、そのくらい離れて――では、おやすみなさい、ライサンダー、そのやさしい命のつづくかぎり、心変りをなさらぬよう！

ライサンダー　きっと、いつまでも。すばらしいその祈りに、おなじ想《おも》いをこめて――そうして、この命も終るがいい、もしこの真心に終りがくるなら……僕はここに寝よう。眠りが君の疲れを癒《いや》すよう。

ハーミア　その祈りのなかばはあなたに。（二人とも眠りに落ちる）

パック登場。

パック　森中、さんざん捜しまわったが、アセンズ人には一人も会わずだ。その目に塗れば、恋心をきざすというこの花の御利益《ごりやく》を試《ため》してやれるというのに。真夜中だ、ことりともしない……誰だ、そこにいるのは？　アセンズ人じゃないか、この身なりは。まさにこの男だ、オーベロン様の話では、おなじアセンズの娘をひどく嫌っているという。なるほど、こっちに女もいるぞ、ぐっすり寝こんでおいでだ、じめついた穢《きた》ない地べたのうえに。かわいそうに、そばにもよれない、このなさけ知らずの朴念仁《ぼくねんじん》め……（そう言いながら、ライサンダーのまぶたに薬を塗る）こいつめ、お前の目にこの霊験《れいげん》あらたかな薬を、たっぷりぶちまけてやるぞ。醒めれば、たちまち恋の虜《とりこ》、眠りっこなしで、あと追いまわす。さあ、目を醒せ、ぼくが行ってしまったらな。さて、これからオーベロン様に会って来なければ。（消え去る）

デメトリアスとヘレナが駆けこんで来る。

ヘレナ　待って、デメトリアス、殺されてもいいから。

デメトリアス　行ってしまってくれと言うのに、そうつきまとわないでくれ。

ヘレナ　ああ、こんな暗闇《くらやみ》のなかに置いてきぼりにしようと言うの？　そんなことをしないで。

デメトリアス　ついて来ると危ない目に遭《あ》うぞ。僕は一人で行きたいのだ。（ヘレナから逃げ、森のなかに姿を消す）

ヘレナ　ああ、息が切れてしまった、愚かな追いかけっこをして。祈れば祈るほど、恵みが減る。ハーミアは仕合せ、今ごろはどこにいるか知らないけれど、あの生れつきの、すばらしい目のせいだわ。どうしてあんなにきれいなのだろう？　塩からい涙のためではない——それなら、あたしの目の方が何度も洗われているはずだもの。いいえ、違うわ、あたしは熊のように醜いのだ、獣たちもあたしに会うと、こわそうに逃げてしまう。だから、ちっとも不思議はない、デメトリアスがあたしの姿を見ると、ああして、まるで化物にでも出会ったように逃げだしたって。なんて意地わるで嘘《うそ》つきなの、あたしの鏡は？　ハーミアの星のような目とくらべさせたりするのだもの。あ、誰でしょう、あそこにいるのは？　ライサンダーだわ！　地べたのうえに！　死んでしまったのかしら？　それとも眠っているのかしら？　血は流れていない、傷もない。ライサンダー、生きているなら、お願い、起きて、目を醒して。

ライサンダー　（跳《と》び起きて）嘘は言わない、火のなかにだって、とびこんで見せる、かわいいきみのためなら。透きとおるように美しいヘレナ！　まさに自然の現ずる摩訶《まか》不思議、その胸をとおして、きみの心が見える、手にとるようにまざまざと。デメトリアスはどこへ行ったのだ？　ああ、口にするのも忌《いま》わしい、この刃にかかってくたばってしまうがいい！

ヘレナ　いけないわ、ライサンダー、そんなこと言うものではありません。あの人がハーミアを想っているからといって、それがどうなの？　何のこともありはしない！　どうなるというの？　ハーミアが愛しているのは、やはりあなただけ、ちっとも不足はないはずよ。

ライサンダー　ハーミアに不足はないって？　大ありだ。僕は後悔している、あれと過した退屈な時間、もう取返しがつかない。ハーミアではない、ヘレナなのだ、僕が愛しているのは——誰が烏《からす》を鳩ととりかえずにいられよう？　男の欲望は理性に左右される。その理性が言うのだ、君の方がはるかにまさっていると。すべて成りものは、季節が来ないと熟さない。僕がそうだった、若いものだから、まだ理性にまで熟していなかったのだ——でも、ようやく人智の高みに脊《せい》もとどき、今は理性が欲望の支配者、こうして君の目に見入らせる。それこそは、この世にまたとない芳醇《ほうじゅん》な恋をくりひろげる書物さながら、僕はそこに恋物語の数々を読みとるのだ。

ヘレナ　いったいどういうめぐりあわせで、こんな酷《むご》い嘲弄《ちょうろう》を受けなければならないの？　あなたにまで、そんなふうにからかわれなければならないようなことを、いつあたしがして？　足りないの、まだ足りないの、今まで一度だって、ええ、ただの一度だって、デメトリアスから優しいまなざしを受けたことはない、いいえ、その値打もないあたしなのに、それだけでは気がすまないのね、この腑甲斐《ふがい》なさを嬲《なぶ》りものにしなければ？　ずいぶんひどい仕打ち、あんまりだわ、そんな、人を馬鹿にした口説きようをなさるなんて。もうやめましょう、さようなら。でも、本当は、あなたをもっと情のあるお方だと思っていました。ああ、なんという悲しい女でしょう、一人の男から嫌われて、それを種に、また別の男に嬲られる！　（退場）

ライサンダー　ハーミアには気がつかなかったな。そこに眠っているのだよ、ハーミア、二度とライサンダーのそばに来るのじゃない。甘いものほど、飽きがくる、飽きれば、胃の腑《ふ》にぐっとくる。淫祠《いんし》邪教がそれだ、迷いからさめた連中は、それまでだまされていただけ、がまん出来ないものさ。御同様、お前は、俺の御馳走《ごちそう》、俺の邪教、さんざん愛想づかしをされるがいい、なかでも、この俺が一番がまんが出来ないのだ！　さあ、しっかりしろ、お前の愛と力のすべてに賭《か》けて、ヘレナを崇《あが》め、その騎士となるがいい。

（ヘレナのあとを追う）

ハーミア　（目を醒し）助けて、ライサンダー、助けて……蛇が、胸のうえを、早くどけて。ああ、こわい！　何という夢を見たのだろう？　ライサンダー、ほら、こんなに震えて。蛇があたしの心臓を呑《の》みこもうとしたらしいの、それを、あなたは笑って見ていらした、この苦しみ悶《もだ》えるあわれな餌食《えじき》を……ライサンダー！　あら、どこかへいらしたの？——ライサンダー！　ライサンダー！　まあ、聞えないほど遠いところへ？　行ってしまったのかしら？　音もしない、声も聞えない？　ああ、どこにいらっしゃるの？　何か言って、聞えるなら、お願い、何か言って！　こわくて、気が遠くなりそう。聞えないの？　やっぱり、いらっしゃらないのね、近くには。死神か、あなたか、きっと、すぐに会って見せます。（退場）

5

〔第三幕　第一場〕

前場に同じ

クィンス（袋を持っている）、スナッグ、ボトム、フルート、スナウト、スターヴリングがぞろぞろはいって来て、槲《かしわ》の木の下に集まる。

ボトム　みんな揃《そろ》ったかな？

クィンス　おい、きた、揃った。こいつはいい、稽古《けいこ》にはお誂《あつら》えむきの所だ。この芝生を舞台にしよう、さんざしの繁《しげ》みが楽屋だ——ひとつ、殿様の御前のつもりでだな、しぐさをつけて演《や》ってみることだ。
ボトム　おい、クィンス!
クィンス　なんだ、ボトムの親方?
ボトム　このピラマスとシスビーの喜劇だがな、あちこち、まずいところがあるぜ。まず第一に、ピラマスが剣をぬいて自殺するところだ、御婦人連、じっとしちゃいまい。どう思う?
スナウト　それは、そうだ、みんな、震えあがってしまうぜ。
スターヴリング　まあ、とどのつまり、その殺し場は預かりってことだな。
ボトム　いいや、心配無用。ちょっと名案があるんだ、万事うまく収めてみせる。ひとつ口上を書いておいてもらおうじゃないか。そのなかでだな……剣は使うけれど、けっして、けがはさせない、ピラマスは本当に死ぬのじゃない、そういったことを断わっておくんだ。それに、もっと安心させておきたければ、俺《おれ》はピラマスだけど、ピラマスじゃない、じつは機屋《はたや》のボトムだと種明ししておけばいい。これなら、誰もこわがりはしまいが。
クィンス　なるほど。そのとおり口上を入れておこう、八六調でな。
ボトム　そいつはだめだ。もう二つまけてくれ。八八調がいい。

スナウト　でもな、御婦人連、ライオンの方はこわがらないかな？
スターヴリング　怪しいものだぜ。
ボトム　待った、そこだ、よっぽど慎重に考えておかないといけない――出すに事をかいてさ、ライオンを御婦人連の前に引っぱり出そうってのは、そもそも並み大抵のことじゃない。そうだろう、生きたライオンほど恐ろしい野鳥はないものな、用心するに越したことはないね。
スナウト　とすればだ、口上をもう一つ書いて断わっておけばいい、これは本当のライオンじゃないってな。
ボトム　いや、それより、役者の名前を言わせるんだ、ライオンの喉《のど》のところから、顔が半分見えるようにしておいて、そこから喋《しゃべ》ればいい。中身は、要するに、まあ、こんなことだな、「お女中方よ」いや、「美しきお女中方よ――お願いしますが、どうぞ」それとも「願わくは、何とぞ」とやるか、とにかく「何はともあれ、けっしておこわがりにならぬよう、お震えにならぬよう、それこそ、吾《わ》が後生一生のお願い。もし、皆様方におかれまして、私めが一頭のライオンとして、ここに登場したるものとお考えあそばすならば、吾が身にとりましては生涯の恨み。断じて、私はかかるものではございません。他のものどもと同様、これも一個の人間でございまして」……とかなんとか言って、そこで名前を言ってしまうのだ、あからさまに、指物師《さしものし》のスナッグだと種明ししてしまえばいい。

クィンス　なるほど……そうしよう……ところでだ、むずかしい問題が二つある。すなわち、お館《やかた》の広間にだ、どうしてお月様を持ちこむかっていうことさ。御存じのとおり、ピラマスとシスビーとはだ、月夜に逢引《あいびき》きするわけだ。

スナウト　芝居をやる晩は、お月様、確かに出るのかね？

ボトム　日めくり、日めくり……暦を見た、暦を……お月様をさがせ、お月様を。

クィンスが袋から暦を取りだして調べる。

クィンス　出る。その晩は月夜だ。

ボトム　それなら、造作ない、芝居の最中、大広間の窓を開けはなしにしておけばいい。月は窓からさしこんでくれるよ。

クィンス　それは、そうだ。さもなければだ、誰か、茨《いばら》の束と提燈《ちょうちん》を持ってはいってきてだ、そして、こう言えばいい、自分はお月様の役をやっつける、いや、その、やってのけるってな……それからだ、もう一つ、困ったことがある。部屋のなかにどうしても石垣《いしがき》がほしいのだ。話の筋によればだ、ピラマスとシスビーは、石垣の割れ目から話をすることになっている。

スナウト まさかお館の中に石垣を持ちこむわけにはいかない……どうだね、ボトム？

ボトム それは、誰か石垣の役をやらなければならないな。漆喰《しっくい》でも粘土でも上塗りでも、なんでもいいから持って出て、これは石垣だぞということをはっきりさせるのさ。それから、指をこんなあんばいにして……（指をぴんと伸ばし拡《ひろ》げる）その隙間《すきま》から、ピラマスとシスビーが恋を囁《ささや》くってことにする。

クィンス そういうことにしておけば、よし、それで万事、形はついたと……（台本をだして開ける）さあ、みんな、坐った。めいめい自分の役を稽古してもらおう。ピラマス、お前さんからだ。喋《しゃべ》ってしまったら、その繁みのなかに引っこむこと――あとはみんな、自分のきっかけどおりにな。

このとき、パックが檞のうしろに現われる。人々には見えず。

パック （がさがさのホームスパンめ、何をがあがあ騒いでいるのだろう、ところもあろうに、妖精《ようせい》の女王様の寝床のそばで？　何だって、芝居が始まるって？　よし、見物

になってやろう、時と場合によっては、役者にだってなってやるぞ)
クィンス　さあ、喋った、ピラマス……シスビー、前に出て。
ボトム　「シスビー殿、花の香《かお》りのいと甘く、いかがわしく」――
クィンス　かぐわしく、かぐわしく。
ボトム　――「いと甘く、かぐわしく、それにも似たるそなたの息、おお、吾がこよなき宝シスビー殿。や、お待ちなされ、人声がする。しばしそこにて、間もなく立ち戻りましょうほどに」(繁みのなかにはいる)
パック　(とんだピラマスだ、これほどひどいのには初めてお目にかかった!)(ボトムのあとを追う)
フルート　今度はこっちの番かい?
クィンス　そうよ、決っている。いいかい、ピラマスは物音が聞えたので、それを見に行っただけだ、またすぐ帰ってくる。
フルート　「ああ、光の君のピラマス様、白百合《しらゆり》のはだえに、咲き誇る紅薔薇《べにばら》の頰《ほお》、凜々《りり》しいそのお姿、かてて加えて、水もしたたる殿御ぶり、疲れを知らぬ若駒《わかごま》の、いつに変らぬ頼もしさ、きっとお待ち申しあげます、ピラマス様、マイナスの墓地で」
クィンス　「ナイナスの墓地で」だよ! おっと、そこはまだ喋っちゃいけない! 今のは、あとでピラマスに答えるときのせりふじゃないか。お前さんは自分のせりふをいちどきに喋ってしまったんだよ、きっかけもなしにさ。いいかい、ピラマスがはいってくる。そこで、お前さんのせりふはひとまず切れる。それ、「いつに変らぬ頼もしさ」というところだ。

フルート　なるほどね――「疲れを知らぬ若駒の、いつに変らぬ頼もしさ」

そこにボトムがうしろの繁みから出て来る。頭が驢馬《ろば》になっている。そのあとからパック。

ボトム　「いかに男ぶりのよければとて、おお、シスビー殿、わが身はひとえにそなたのもの」

クィンス　わあ、お化けだ！　わあ、大変だ！　出たぞ。逃げろ、みんな、逃げろ……助けてくれ！　（一同、あわてて逃げだし、繁みのなかに隠れる）

パック　それ、行け。頼むぞ、てんてこ舞いを、泥沼とおり、土手を越え、藪《やぶ》や茨をかいくぐり、おいらの音頭で、どこへでも。こちらは時と場合の風向きしだい、馬にもなろう、犬にもなろう、豚にしようか首なし熊か、火になるか。いななく、吠《ほ》える、鼻ならす、猛《たけ》りうなる、燃えあがる。そのときどきに、馬、犬、豚、熊、火の玉、なんでも

ござれ、意のままだ。(皆を追いかけて行く)

ボトム 何だって逃げるのだ? これは、てっきり奴《やつ》らのいたずら、俺を威《おど》そうというわけだな。

スナウト、繁みから覗《のぞ》く。

スナウト うわあ、ボトム、変りはてたその姿……なんて面《つら》になってしまいやがったのだ?

ボトム なんて面だと? お前さんと同じ馬面じゃないか? (スナウト消える)

クィンスがそっともどって来る。

クィンス おい、ボトム、しっかりしてくれ! お前さん、すっかり変ってしまったぞ。(言いおいて、さっと逃げる)

ボトム わかっていらあな、奴らのいたずらよ。この俺様を驢馬《ろば》あつかいにしやがって、あわよくば震えあがらせてやろうって気なのだ。どっこい、ここはちっとでも動くこと

〔Ⅲ-1〕5

じゃないぞ。やりたければ、何でもやるがいい。こっちは、この辺をぶらぶら歩きまわり、鼻歌でもうたって、ちっともこわがっていないってことを知らせてやるとしようか……（と言って、鼻から息がもれるような歌い方をし、ときどき驢馬そっくりに鼻をならす）

　まっくろけの　黒つぐみ
　べに茶のくちばし　してござる
　歌に明け暮れ　歌つぐみ
　　かぼそいのどの　みそさざい……

タイターニア　（出て来て）あれは天使の声かしら、花の褥《しとね》の眠りをさますのは？

ボトム

　鷽《うそ》に　燕《つばめ》に　揚雲雀《あげひばり》
　　かっこう鳥の　間ぬけ声
　浮気女房と　鳴くような
　　それでも亭主　文句なし……

あたりまえよ、あんな馬鹿鳥、とっつかまえて、文句をつける奴がどこにいる？　いくら寝取られ亭主と鳴いたって、誰が鳥の嘘《うそ》に因縁つけるかっていうんだ？

タイターニア　お願い、優しいお方、もう一度うたって！　その美しい声に、あたしの耳はただもううっとりしてしまった……いいえ、目も、そのお姿に見とれるばかり。あなたの美の力が、激しくあたしの胸をゆさぶり、一目みただけで、愛の言葉を、その誓いを、口に出さずにはいられない。

ボトム　なにも、奥さん、そうまで思いつめなさる理由はありますまいが。もっとも、正直な話、理性と恋心とは、当節めったに折りあいがつかないようだがね。まったく残念なこった、誰か小まめな男が仲にはいって、両方を仲直りさせてくれればいいのに。いや、なに、吾が輩だって、一寸《ちょっと》は気のきいたあてこすりくらい言えますさ。

タイターニア　まあ、顔ばかりではない、そのうえ、大層頓智《とんち》がおありになる。

ボトム　どういたしまして、それほどじゃありませんや。ただね、今のところ、この森から逃げだせるだけの頓智さえあれば、それでけっこう用は足りるってわけだ。

タイターニア　この森から逃げだそうなどと、そんな気をお起しにならないで。けっしてここを去ってはなりません、それがお望みであろうと、なかろうと。あたしは妖精、それもただのものとは違う、どこへ行こうと、つねに夏の日がわが身に寄り添うてくれる、そのあたしが愛するのです。だから、いつまでもあたしのそばに。妖精たちに命じて、御用は足させます。お望みならば、深い海の底から真珠を取って来させましょう。また、花の褥にお寝《やす》みになるときには、やさしい歌をうたわせましょう。そして、あたしは、そのやがては死すべき人の世のむさくろしい形骸《けいがい》を浄《きよ》めて、宙を行く妖精さながら、きっとあなたを自由の身にしてあげる……（妖精の名を次々に呼ぶ）さあ、豆の花、蜘蛛《くも》の巣、蛾《が》の精、辛《から》しの種！（それに応《こた》えて、妖精たちが現われ、タイターニアの前にとまる）

豆の花　どうぞ御用を！

蜘蛛の巣　私にも――

辛しの種　私にも――

蛾　私にも――

一同　（お辞儀をして）どちらへ参りましょうか？

タイターニア　精々気をつけて、このお方にお仕えするように。お出かけのときは、先に立って跳《と》びはね、いつも明るい踊りでお目を楽しませておあげ。召しあがりものには、杏《あんず》や木苺《きいちご》、紫の葡萄《ぶどう》に緑の無花果《いちじく》、それに桑《くわ》の実。それから、花蜂《はなばち》の巣から蜜《みつ》の袋をそっと取って来ておくれ。お寝間の手燭《てしょく》には、あの蜂の、蠟《ろう》が一杯ついている腿《もも》がよい。それを燃える蛍《ほたる》の目につけて火をともし、いとしいお方のお床入りを、そして朝のお目《め》醒《ざ》めを照らすのです。お寝《やす》みのあいだは、色うつくしい蝶《ちょう》の羽で、まぶたにさしている月の光を払いのけてさしあげるよう。さあ、妖精たち、おつむをさげて、御挨拶《ごあいさつ》を。

豆の花　ようこそ、人間様！
蜘蛛の巣
蛾
辛しの種　ようこそ！
ボトム　なんともかとも恐縮でございますが、まことに、その……失礼ながら、お名前を伺わせていただきたいもので。
蜘蛛の巣　（お辞儀をして）蜘蛛の巣です。
ボトム　せいぜいお心やすくお願い申しあげます、蜘蛛の巣さん。今度、指をけがしました節には、甘んじてお世話になりたいもので……あなたのお名は？
豆の花　（お辞儀して）豆の花です。
ボトム　それなら、お袋様のやわらか莢《さや》様、親父様のかた莢様、御二方になにとぞよろしく、豆の花さん、これからもお心やすく願いますよ……あなたのお名は？　どうぞおっしゃって。
辛しの種　（お辞儀して）辛しの種です。
ボトム　辛しの種さんで。よく承知しております、大層辛抱づよい御気性でいらっしゃる。それ、例の臆病者《おくびょうもの》、大男の牛肉めが、御一族の旦那《だんな》方を、かたはしから舐《な》めちまいましたな。もっとも、その旦那方のおかげで、だいぶこの目を湿らされてきましたっけ。今後も、ますますお心やすく願いますよ、辛しの種さん。

タイターニア　さあ、みんな、この方の御用をたすのだよ。すぐ亭《ちん》に御案内しておくれ……月がどうやら涙を含んでいるような。月が泣いたら、どんな小さな花々も、一輪一輪、涙をながす。きっとどこかで、清いおとめが穢《けが》されるのを悲しんでいるのだろう。さあ、早く、いとしいお方の舌を縛って、そっと、あちらへお連れしておくれ。（一同、亭の方へ行く）

〔第三幕　第二場〕

6

森のなか、苔《こけ》むした斜面

オーベロン登場。

オーベロン　タイターニアは目を醒《さま》したかな。そして、その開いた目に一番最初に飛びこんできたものは何か、それに身も世もなく恋い焦《こが》れているに違いない……

パックがはいって来る。

オーベロン　それ、お使者の登場だ。どうした、気違い小僧？　吾《われ》らに魅いられたこの森に、何かおもしろい慰みごとでも起ったか？

パック　女王様が化物に血道をあげておいでです。あの人目につかぬ禁制の亭《ちん》のそばちかく、女王様がたまたまそこで、うとうとと眠っていらしたところへ、アセンズの町に寄生するその日かせぎの継ぎはぎ野郎の、礼儀しらずの職人野郎が、領主のシーシアス様のおめでたに芝居をお見せしようというので、その稽古《けいこ》のために集まったというわけです……ところで、その空《から》っぽ頭の仲間のなかでも飛びきりからからに干あがった鈍物野郎が、ピラマス役をふられまして、ちょうど芝居の段取で、うしろへ退《さが》り、繁《しげ》みのなかへ隠れたのですが、それこそ、こっちの思うつぼ、しすましたりとばかりに、驢馬の頭をそいつの首にすっぽりかぶせてやったのです。そのあとすぐ恋人のシスビーとの受け答えがある。この道化役者め、のこのこと出て行きました。一方、仲間の奴《やつ》ら、その姿を見るやいなや……これ、まさに忍び寄る猟師を見つけた野鴨《のがも》よろしく、あるいはまた、群なす烏《からす》の一団が一発の銃声に騒ぎたち、癇高《かんだか》い叫び声をあげながら、大空を西に東に狂おしく飛びかうがごと……まったくそのとおり、一目で、みんな、てんでんばらばら逃げ出してしまいました。あっちこっちの切株につまずいて、ひっくりかえるものもある――「人殺し」と金切声をあげ、アセンズの空に救いを求める始末。もともと間抜けの奴らのこと、おまけに恐怖で気抜けのてい、それにつけこみ、命なき草木の末まで、奴らにいたずらをしかけはじめます。茨《いばら》のとげが着ているものを引っかける。あっちでは袖《そで》を、こっちでは帽子をというわけで、手あたりしだい、敗軍の兵からふんだくる……こうして恐怖のためにすっかり訳の解らなくなった連中をよろしく操《あやつ》り追いはらい、一方、変りはてたるピラマス殿を、一人その場に残しておいた、と思召《おぼしめ》せ、それ、まさに、その瞬間、タイターニア様が目をお醒しになり、そのまま驢馬にまいってしまいになるという、めったにこうはうまくまいらぬ話と相成りました。

オーベロン　それほどうまくゆくとは思わなかった。ところで、例の惚《ほ》れ薬、命令どおり、アセンズ人の目に塗っておいたろうな？

パック　たまたま若者の眠っているところに出会いまして――もちろん、それもかたづけておきました――お話の女もそばに寝ておりましたし、男が目を醒せば、どうしたって、その女が目につく仕掛けになっています。

デメトリアスとハーミアが出て来る。

オーベロン　静かに。そのアセンズ人だ。

パック　あの女です。でも、男が違う。

デメトリアス　ああ、なぜそういじめるのだ、こんなに君を愛している男を？　そんな憎々しげな言葉は、憎い敵に向って言うものだ。

ハーミア　今はまだ口だけ。でも、いまにもっと酷《むご》いことさえしかねません。そうでしょう、あなたは呪《のろ》われても仕方のないことをしていらっしゃる……眠っているライサンダーを殺したのなら、どうせ足を濡《ぬ》らした血の川、いっそ胸までつかって、ひとおもいにあたしも殺してしまうがいい……昼に寄り添う日輪のまめやかさも、あたしを想《おも》うあの方の情にはおよびません。それほどだったライサンダーが、ハーミアの眠りをいいことに、そっと逃げ出したりするでしょうか？　それが信じられるくらいなら、この硬《かた》い大地に穴が開き、それをくぐってお月様が地球の向う側に脱け出して、そこを昼にしているお兄さんのお日様を怒らせたと言われても、そのまま信じることも出来ましょう。決っています、あなたがあの方を殺したのです――その顔は人殺しの顔、そら、ぞっとするような、ものすごい。

デメトリアス　そんな顔をしているだろう、殺された男は。そうなのだ、この僕も、冷酷な刃《やいば》に心臓を突き刺されて。だのに、その人殺しの君の顔は、明るく澄んでいる、それ、あの光り輝く金星のように。
ハーミア　それがライサンダーとどういう関係があるのです？　あの人はどこにいるの？　ああ、デメトリアス、あの人をあたしの手に返して。
デメトリアス　それくらいなら、あの男の死骸《しがい》を家の犬にくれてやる。
ハーミア　ええい、畜生！　のら犬！　あなたが悪いのです、つい娘らしい慎みも忘れてしまいました。やっぱり、あなたが殺したのね？　それなら、もう人間の仲間入りはせぬがいい……ああ、もう一度、それだけでいい、本当のことを言って、後生《ごしょう》だから本当のことを。目の醒めているあの方を、その目をあなたはまともに見つめられて？　出来ない、それで、眠っているのを刺したのでしょう？　おお、御立派だこと！　蛇《へび》だって、蝮《まむし》だって、出来る、それくらいのこと。そう、あれは蝮の仕業《しわざ》。あの二つに分れた舌も、あなたの舌にくらべれば、まだしも、刺されたところで大したこともないでしょう。
デメトリアス　まるで見当ちがいのことに腹をたてている。僕はライサンダーの血を流した覚えはない。いや、あの男は死んでなんかいない、僕の知っているかぎり。

ハーミア　お願い、それなら、おっしゃって、あの方は無事だと。

デメトリアス　そう言ってあげたら、代りに何をくれるというのだ？

ハーミア　御褒美《ごほうび》をあげます、二度とあたしに会えぬという……そうして、あたしはその厭《いと》わしいあなたのそばを去って行きます。もう二度とあたしを御覧にならぬよう、あの方が生きていようといまいと。（急ぎ去る）

デメトリアス　あれほど興奮している女のあとを追ってみても仕方がない。しばらくここにじっとしていよう。悲しみの重荷がますます重く心に食い入る。それも、眠りがたらず、悲しみの負いめの引き受け手がいないからだ。今、そのわずかでもいい、埋め合せがしてもらえるかもしれぬ、こうして横になって、その慈悲にすがれば。（横たわる）

オーベロン　いったい、何をしたのだ？　とんでもない間違いだぞ。お前が惚《ほ》れ薬《ぐすり》を塗ってきた当の相手は、本気で惚れていた男の方だった。お前のやりそこないのおかげで、不実の恋がまことに変るどころか、まことの恋まで浮気になりかねないぞ。

パック　さては、運命の女神《めがみ》の御出馬だ、そうなると、まことを守るはただ一人、百万人が嘘《うそ》をつく、誓いをたてては破り、破ってはたてというわけで。

オーベロン　すぐ行け、風より早く森中を駆けめぐり、ヘレナというアセンズの女を捜しだせ。恋の病につかれはて、頬もあおざめ、つく溜息《ためいき》に若い血潮を蝕《むしば》ませている。何か幻を見せ、その女をここへ連れてくるのだ。それまでに、おれはこの男の目にまじないをかけておく。

パック よし、きた、おい、きた――それ、ごらんのとおり――韃靼人《だったんじん》の矢よりも早く。

(消え去る)

オーベロンは眠っているデメトリアスのうえにかがみこむ。

オーベロン キューピッドの矢に射ぬかれた紫の花の滴《しずく》だ、瞳《ひとみ》の底にしみとおるがよい。醒めて女を見るときは、その面、夜空にかかる金星のごとく、いよいよ光り輝くよう。目が醒めて、かたわらに女がいたならば、それこそ、おのが恋の渇《かわ》きを癒《いや》すものと知るがよい。

パックが現われる。

パック 妖精どもの隊長様、それ、そこに、ヘレナがやって来る、例の、間違えた若者も一緒です、さかんに恋人の権利を請求中だ。その愚かな一幕、これより見物とまいりましょうか？　はて、さて、なんと馬鹿者ばかりでござろうか、人間というものは！

オーベロン　退《さが》っていろ。二人の騒ぎで、デメトリアスが目を醒そう。

パック　そうなると、二人が一緒に一人を口説く。こいつは滅法おもしろい。俺様、何が楽しいといって、万事めちゃめちゃのこんぐらかりくらい、お気に召すことはないのさ。（二人、傍《かたわら》に退く）

（ヘレナ登場。そのあとにつづいてライサンダー。）

ライサンダー　なぜそんなことを考えるのだ、からかいづらにくどいているなどと？　からかいや、ひやかしで、涙を落すものはない。このとおり、誓いながら、涙を流しているのだ。こうして生れた誓いは、最初からその胸に真実を秘めている。それが、どうして君の目にからかい半分としか映らないのだ、一言一句、まことの烙印《らくいん》がついているのに？

ヘレナ　ますますお上手《じょうず》におなりだこと。真心が二つあって、その一つが片方を殺すなんて、おお、忌《いま》わしい聖なる争い！　今うかがった誓いのお言葉、あれはみんなハーミアのもの――あの人をお捨てになるの？　天秤《てんびん》の両方に誓いをのせて計ろうといっても、それでは目もりが出なくてよ。あの人と、あたしと、二人への誓いを、それぞれ二つの皿にのせて計れば、確かに天秤は平らになります。でも、両方とも、夢物語のように軽く宙に浮いてしまうでしょう。

ライサンダー　俺には分別というものが無かったのだ、あの女に愛を誓ったころには。

ヘレナ　いいえ、今だってありはしない、そうしてあの人を捨てようとしているあなたには。

ライサンダー　デメトリアスがあの女を愛している。あれはあなたを愛してはいない。

デメトリアス　（目を醒し）おお、ヘレナ、女神、森の精、全きもの、聖なるもの！　その目を何にたとえよう？　水晶もまだ濁っている。おお、その脣《くちびる》、熟《う》れ切って、互いに肌をふれあう二粒の桜桃《さくらんぼう》、いかにも人の心を誘うような！　そして、その手、あのトーラスの高嶺《たかね》の雪も、東風に吹かれて硬《かた》く凍った白銀《しろがね》の清さも、その手を高くさしのべれば、たちまち変じて烏の黒羽色と化そう。おお、せめて口づけを、その白い手に、このうえなき浄福の宮居《みやい》に！

ヘレナ　ああ、くやしい！　がまんが出来ない！　わかりました、二人ともぐるになって、あたしをいい慰物にしようと言うのね。物事をわきまえた方なら、こうまで人の心を傷つけはしないでしょう。ただ嫌《きら》うだけではたりないと言うの？　ええ、知っています、嫌われていることくらい。でも、そのうえ、心を合わせて、あたしをあざけらなければ、気がすまないの？　あなたがたが男なら、見かけどおりの男なら、かよわい女に、こんなあしらいはなさらぬはず、愛するの惚《ほ》れたのと誓いをたて、美しいのなんのとおだてあげるなどと、それも、心からあたしを憎んでいるのに。あなたがたは、お互いに恋敵《こいがたき》、競ってハーミアの心を射とめようとしていらっしゃる。それが、今は互いに腕によりをかけ、このヘレナを嬲《なぶ》りものにしようというわけ……見事なお手並みよ、男らしい仕業よ、慰み半分のひやかしで、一人の哀れな娘の目に涙を絞り出させるのですもの！　立派な人物には到底できないことだわ、小娘をいじめて、弱い心に我慢の堰《せき》を切らせるなど、それもこれも、みんなおもしろずくなのだから。

ライサンダー　君が悪い、デメトリアス。いいかげんにしないか――君が好きなのはハーミアのはず。それを、僕は知っている、ということを、君は知っている。だから、ここで、心の底から喜んで、ハーミアの恋人役は君に譲る、そのかわり、ヘレナのお相手役は僕に譲り渡してもらいたい……僕はヘレナを愛している、死ぬまで愛しつづけるだろう。

ヘレナ　からかうにも程がある、あんなそらぞらしい文句を並べるなんて。

デメトリアス　ライサンダー、いいのだ、ハーミアは君が取っておけ。僕は要らない。

それは、前は想っていたかもしれないが、その想いも、もう消えてしまった。僕の心にとって、ハーミアは、いわば旅人の求める仮の宿。今は、ヘレナのうちに故郷を見いだし、そこを永住の地と思っているのだ。

ライサンダー　ヘレナ、あれは嘘だ。

デメトリアス　よせ、知りもせぬ愛の誠を穢《けが》すのは、危ない目に遭《あ》いたくなければな……

ハーミアが近づいて来る。

デメトリアス　それ、見ろ、君の恋人がやってくる。あれさ、君の大事な人は。

ハーミアはライサンダーを見つけて走り寄る。

ハーミア　暗い夜が、目からその働きを奪う。それだけ耳が鋭くなる。視覚から取りあげたものを、倍にして耳に返してくれるのだわ。ライサンダー、あたしの目が見つけたのではない。ありがたいことに、耳があたしを導いてくれたの、あなたの声音《こわね》をたよりに。でも、ひどいわ、なぜあたしを置きざりになさったの？

ライサンダー　(背を向けて) どうして、じっとしていられよう、愛が行けと追いたてるのに？

ハーミア　どんな愛がライサンダーを追いたてるの、あたしのそばから？

ライサンダー　ライサンダーの愛がさ、そのおかげでじっとしていられなくなったのだ——美しいヘレナ！　あの空に輝く星、光の目、それにも増して美しく夜を照らし飾るこの女人《にょにん》のために。なぜ、君は僕を追いまわすのだ？　これでも、まだわからないのか、君が厭《いや》になった、だから、逃げだしたということが？

ハーミア　心にもないことを。どうして、そんなことが。

ヘレナ　まあ！　この人まで、ぐるになっているのね。やっと、わかった、三人、示し合せて、こんな性の悪い狂言を仕組んだのね、このあたしをいじめるために。ひどいハーミア、なんという友達甲斐《おとしがい》のない人なの、あなたもぐるなのでしょう？　この人たちと一緒になって、あたしを陥れ、いい笑いものにしようというのね？　あなたとあたしと、二人だけで交《かわ》した内証話、姉妹の誓い、一緒にすごした日々のことども、たちまちに時が過ぎて別れなければならぬのを、お互いに惜しみあったのに……ああ！　それもみんな忘れてしまったの？　仲のよかった学校時代、罪のない子供のころを？　ハーミア、あたしたちは、まるで二人で一組の手芸の神様のように、二つの針で一つの花を刺《し》繍《しゅう》したわね、一つ手本を眺《なが》めながら、一つ蒲団《ふとん》に腰をおろし、二人とも同じ歌を、同じ調子で歌っていた、手脚《てあし》も体も、声も心も、まるで一つに溶けこんでしまったよう。そうして一緒に大きくなった、見かけは別々でも、元はつながっている桜桃、一つ軸に成った二粒の実のように。だから、体は二つでも、心は一つ、あの紋章のように、二つあっても、つまりは一つ、表紋と替紋《かえもん》のようなもの。それほどの、古い二人の愛なのに、あなたはそれを二つに裂こうというの？　男たちと一緒になって、気の毒な幼なじみを嬲《なぶ》りものにしたいの？　友達甲斐もない、娘らしくもない――あたしだけではなくてよ、女なら、誰だって、あなたを悪く言うでしょう、ひどい目に遭うのは、あたし一人だけれど。

ハーミア　まあ、驚いた、何を言うのでしょう……あたし、あなたを嬲りものになどしなくてよ――どうやら、あなたこそ、あたしを嬲りものにしているらしいわ。

ヘレナ　あなたじゃなくて？　ライサンダーを唆《そそのか》して、ただあたしを嬲りものにしたいばかりに、あとを追いかけさせ、目や顔をほめるようにしむけたのは？　おまけに、もう一人の恋人、デメトリアスまで、つい、今さっき、あたしを足蹴《あしげ》にしたくせに、急に女神だの、森の精だの、はては、神聖にして、類《たぐ》いまれなるもの、尊くして、天使のごとしなどと言いだしたのも、みんなあなたの入智慧《いれぢえ》でしょう？　さもなければ、どうして、嫌いな女に、そんなことを言って？　ライサンダーだって、そうよ、あんなにも切ないほどに恋い焦《こが》れていたのに、そのあなたの愛を卻《しりぞ》けて、ほんとにふざけているわ！　どうしてあたしに想いを寄せたりするでしょう、もしあなたがけしかけたのでなければ、あなたが、いいとさえ言わなかったら？　あたしは、あなたのようにいい星のもとに生れなかった、あなたのように男にちやほやされはしない、あなたのように仕合せではない、人から想われずに、想ってばかりいる、これほどみじめな女はいない。だから、どうだと言うの？　それこそ、同情してくださるべきで、馬鹿になさることはないはずよ。

ハーミア　あたしにはわからない、何を言っているのか。

ヘレナ　どうぞ、御勝手に！　どこまでもしらばくれていらっしゃい、まじめくさった顔で……あとで舌をだすことね、あたしがうしろを向いたら……お互いに目くばせして、その楽しい冗談を続けるがいい。大した狂言よ、うまくいったら、歴史に残るわ。もしもあなたに、たとえ少しでも憐《あわれ》みの心があったら、少しの思いやり、少しの弁《わきま》えがあったなら、まさか、こんなふうに、あたしを笑いものにはしないでしょう。もういいわ、さようなら、罪はあたしにもあるのだから。それなら、死ぬか、居なくなるか、やがて償えるときがくるでしょう。

ライサンダー　待ってくれ、ヘレナ。僕の言い分も聴いてくれ、吾《わ》が想《おも》い、吾が命、僕の魂、美しいヘレナ！

ヘレナ　おお、お上手だこと！

ハーミア　まあ、そんなにからかうものじゃないわ。

デメトリアス　ハーミアの言うことがきけないのなら、僕がきかせてみせる、腕ずくでも。

ライサンダー　その腕も、女の口ほどの効《き》きめもあるまい。君がいくら嚇《おどか》そうと、その女の頼み同様、なんの効きめもありはしない……ヘレナ、僕は君を愛している――命にかけて愛している。君のためなら、いつ棄ててもいいこの命にかけて誓おう、僕が君を愛していないなどと言うやつは、きっと目にもの見せてくれる。

デメトリアス　言おう、僕が愛しているほど、あの男には、君が愛せない。

ライサンダー　よし、そうまで言うなら、ここはお預けだ。向うへ行って、その証拠を見せてもらおう。

デメトリアス　おお、すぐにも、さあ――

ハーミア　（ライサンダーをおさえ）ライサンダー、いったいどうなるの？

ライサンダー　どいてくれ、このエチオピアめ！

デメトリアス　嘘《うそ》さ、嘘だよ、この男は無理をして、息まいているだけさ！　おい、そのつもりなら、いくらでも追って来そうなふりをしていろよ……が、来はしまい……君は腰抜けさ、ざまを見ろ！
ライサンダー　放せ、猫め、この牝鼬《めすいたち》！　畜生、放せというのに。放さなければ、蛇《へび》よろしく、ふりとばしてやる。
ハーミア　どうしたというの、そんな気違いじみた？　何かあったの、すっかり変ってしまって、あたしのライサンダー？　（なおもライサンダーをおさえて放さない）
ライサンダー　あたしの！　よしてくれ、渋茶色の韃靼女《だったんおんな》、ええい、よしてくれ……もう、たくさんだ、煎《せん》じ薬《ぐすり》め……うう、忌わしい毒薬め、行ってしまえ！
ハーミア　冗談なのでしょうね？
ヘレナ　決っているわ、あなただって。
ライサンダー　デメトリアス、さあ、約束は守るぞ。
デメトリアス　君の手形がほしいね、が、こっちから手はだせない、どうやら、かよわきお手がそれをおさえているらしいからな。口だけでは信用できないよ。
ライサンダー　何だと？　この女をひどいめに遭わせたら気がすむのか？　なぐれと言うのか？　殺せと言うのか？　いくら嫌《きら》いな女でも、そうまでしたくはない。

ハーミア　何ですって？　嫌いな女、そうまで言えば十分ではなくて？　あたしが厭《いや》になったの、どうしてでしょう？　ああ、いったい、どうしたと言うの！　あたしはハーミア、あなたはライサンダー、そうではなくて？　あたしは今もきれいなはずよ、前とおなじに。ついゆうべまで、あなたはあたしを愛していてくれた。それなのに、そう、ゆうべ、あなたはあたしを棄《す》てて。それなら、あれは——ああ、そんなことが！——でも、やっぱり本気だったのね？

ライサンダー　そうだよ、命にかけて。もう二度と会いたくなかったのだ。だから、あだな望みは棄ててくれ、疑いも危惧《きぐ》も要《い》らぬ。事実をはっきり認めるのだ、これ以上、確かな話はない、冗談なんかであるものか、僕は君が厭になった。そしてヘレナを愛している。

ハーミア　（ヘレナに）ああ、何ということでしょう、魔術師よ、あなたは、花を蝕《むしば》む毒虫、恋盗人！　そうなのだわ、夜なかに、そっと忍び寄って、あたしの愛するあの人から心臓を盗んだのね？

ヘレナ　お見事よ、本当に！　あなたには慎みというものが、ちっとも無いのね、娘らしい恥らいを、赤面ということを、まるで御存じないのね？　そうよ、そんなことを言って、このあたしに、我を忘れたあられもない言いかえしをさせようというのね？　何さ、何よ、このいかさま師、操《あやつ》り人形！

ハーミア　操り人形ですって？　ああ、そうなの？　なるほどね、それが言いたかったのね。やっと、解ったわ、この人は脊《せい》くらべがしたかったのよ、自分の脊が高いことをもちだしたかったのよ。そうして、その姿形、すらっとした様子、たっぷりした上脊《うわぜい》、ええ、そのとおりですもの、それを楯《たて》に、あの人の心を虜《とりこ》にしたのだわ……おまけに、あの人に褒《ほ》めそやされて、ますます伸びあがったのでしょう、あたしがちびでずんぐりしているのをいいことにして？　あたしがどれほど低いというの、この塗りたての旗竿《はたざお》め？　さあ、言ってごらん、どんなに低いというの、あたしは？　いくら低いからといって、この爪《つめ》があなたの目にとどかないほどではないのだから。（ヘレナに武者ぶりつこうと構える）

ヘレナ　みなさん、お願い、からかうのはいいけれど、この人に乱暴をさせないで。もともと、あたしは根性まがりな女ではないの。じゃじゃばったことは、とても出来ないたちなの。ほんの小娘よ、気が弱いの。とめて、あたしを打たせないで。ああ、お二人とも、この人の方が脊が低いから、なんでもないと思っていらっしゃるのね。

ハーミア　脊が低い！　それ、ごらんなさい、またあんなことを。

ヘレナ　ハーミア、そんなにあたしをいじめないで。あたしの気持は変らなくてよ、ハーミア。いつだってあなたの秘密を守ってきた、一度も裏切ったおぼえはないことよ。ただあのことだけ、それもデメトリアスを想う一心から、言ってしまった、あなたがこの森に逃げようとしていると。それでデメトリアスはあなたのあとを追いかけたのだわ。あたしは、その人が恋しさに、そのあとを追いかけただけ。でも、あの人は、あたしを叱《しか》りつけ、追いかえそうとした。あたしを威《おど》し、打つの蹴《け》るのと、それどころか、殺してやるとまで言うの。だから、もうこのままそっとあたしを還《かえ》してちょうだい、あたしは、アセンズへ、この自分の愚かしさを、じっと抱きしめて戻って行きたいの。もうこれ以上、追いかけないで。あたしを行かせて。御覧のとおり、あたしは分別のない愚かな女なのですもの。

ハーミア　ええ、さっさと行ってしまったらいいわ。誰かとめでもすると言うの？

ヘレナ　ええ、愚かな心が。それを、あたしは残して行きます。

ハーミア　ふん、ライサンダーの胸に？

ヘレナ　デメトリアスに。

ライサンダー　こわがることは、ちっともない。あれは何もしはしないよ、ヘレナ。

デメトリアス　よく言った。なんの手出しをさせるものか、君があの女の身方をしようと。

ヘレナ　あの人は怒ると、かっとなってしまって、手がつけられなくなるの。まるで牝《め》狐《ぎつね》だったわ、学校に行っていたころなど。柄は小さいけれど、気の強い人なのよ。

ハーミア　また「小さい」と言ったわね？　二言目には「低い」とか「小さい」とか！　二人とも、なぜ放っておくの、こんなにあたしを嘲弄《ちょうろう》する女を？　放して。

ライサンダー　どけ、ちび。一寸法師、脊が伸びなくなる煎じ薬でも飲んだのだろう、この南京虫《ナンキンむし》、どんぐりめ。

デメトリアス　貴様は出しゃばりすぎるぞ、おためごかしに。それがヘレナには、かえって迷惑なのだ。ヘレナに手をだすな。ヘレナの名を口にするのもやめろ――手を引け……（剣を抜く）いいか、ヘレナにたいする気持を、そのそぶりにでも見せようものなら、ちゃんとお代は頂戴《ちょうだい》するぞ。

ライサンダー　（剣を抜く）ハーミアが放してくれたぞ。さあ、出来るものなら、ついて来い。貴様と俺と、どっちがヘレナをものにするか、この勝負で決めるのだ。（森のなかに駆けこむ）

デメトリアス　ついて来い？　ばかな、一緒に行くぞ、肩を並べて。（すぐ、あとを追う）

ハーミア　いい腕だわ、この騒ぎは、みんなあなたのせいよ。待って、逃げなくてもいいわ。

ヘレナ　あたしはあなたが信用できないの。もう我慢できないわ、いつまでもあなたの悪口を浴びてはいられない。喧嘩《けんか》となると、あなたの方が手が早いけど、脚はあたしの方が長くてよ、だから逃げるにはもってこいだわ。（駆けこむ）

ハーミア　あきれて、ものも言えないわ。（のろのろとあとを追う）

オーベロン　（前に出て来る）これもお前のそそかしさからだぞ。相変らずだな、お前という奴は、へまをするか、さもなければ、いたずらだ。

パック　いえ、影の世界の王様、正直、これはへまの方です。覚えておいででしょう、アセンズの服装が男の目印だとおっしゃった？　そこまでは、こっちの手はずに文句はないはず、確かにアセンズ人の目に薬を塗ったのですからね。そこまでは、めでたしめでたしですよ、御覧のとおりの結果で、あの連中の摑《つか》みあい、結構、一時の慰みものになりましたからね。

オーベロン　見たろうな、恋人たちは決闘の場所をさがしている。急げ、ロビン、闇夜《やみよ》のとばりをおろすのだ。いますぐ、星のきらめく大空を、あの地獄のアケロンに垂れこめる黒い霧で隠してしまえ。そうして、あの競いたつ二人の恋人たちを道に迷わせ、お互いに出会わぬようにしなければならぬ。ときにはライサンダーの声色《こわいろ》を使って、デメトリアスを痛烈に罵《ののし》り、かっとさせる。かとおもうと、今度はデメトリアスになりすまし、さんざん相手の悪口をわめきちらすというわけだ。こうして二人を引き離してくれ。やがて死のような深い眠りが、重い鉛の足をひきずり、蝙蝠《こうもり》の翼をひろげながら、二人のまぶたのうえに忍びよって来よう。そうしたら、この薬草をしぼって、ライサンダーの目にたらしこむのだ。その汁の効きめはすばらしい、たちまち目の迷いを去り、いままでどおりの働きをとりもどさせてくれるだろう。目が醒めてみれば、この愚かな騒ぎが、すべて夢幻と映じてこよう。そして、恋人四人、仲よく手に手をとりあい、アセンズをさして戻って行くのだ、死後も変らぬ永久の愛情に包まれてな。ところで、この仕事はお前に任せておいて、俺はタイターニアのところへ行き、インドの子供をもらってくることにしよう。それがうまくいったら、呪《のろ》いのかかったあれの目を、化物の世界から解き放ってやる、それで万事、まるくおさまろう。

パック　王様、これは、ぐずぐずしてはおられません。そら、夜の女神《めがみ》をのせた竜の車が、雲を切って駆けて行く、あの早さ。それに、かなた向うの空にぴかりと一つ、暁の女神オーロラのお先触れが。あれが姿を現わすと、あちこちにさまよい歩く亡霊どもも、家路をたどって墓地に帰るとか。辻々《つじつじ》や水底に葬《ほうむ》られた浮ばれぬ魂も、もう姿を消し、蛆《うじ》の寝床に帰りました。みんな日の御子《みこ》に恥をさらしたくないのですよ、自分から光に顔をそむけ、いつまでも黒い顔の夜につきあっていなければならないのだ。

オーベロン が、俺たちは別の世界の精霊だ。俺はよく、朝の恋人、暁の女神と一緒に興じ戯《たわむ》れたことがある。また、森を預かる役人よろしく、森のなかを歩きまわったこともある。やがて、燃える紅《くれない》が東の門にさし入り、恵みに満ちた火箭《ひや》を大海原《おおうなばら》に浴びせかけると、緑の潮がたちまち金色に照り映《は》える、そのさまをじっと眺めていたものだ。が、まあ、いい、とにかく急いでくれ――猶予《ゆうよ》はならぬ。日の出まえにかたはつこう。（退場）

霧が降りてくる。

パック あちらこちらと、自由自在、おいらは奴らを引きずり廻す。野でも町でも、がき大将、みんなおいらには頭が上らぬ。あちらこちらと、それ、小鬼のパック、恋の奴《やっこ》を引きずり廻せ……来た、一人。（消える）

ライサンダーが闇のなかを手さぐりで戻って来る。

ライサンダー おい、どこにいる、高慢ちきのデメトリアス？ さあ、口をきけ。

パック　（デメトリアスの声で）ここだ、悪党め、剣をぬいて待っているぞ！　やい、どこだ？

ライサンダー　行くぞ。

パック　よし、来い、もっと平らなところがいい。（ライサンダーは声の方へ行く）

デメトリアスが同様に手さぐりで出て来る。

デメトリアス　ライサンダー！　何か言え。逃げ足の早い奴だ、卑怯者《ひきようもの》め、逃げ失《う》せたか？　口をきけ！　繁《しげ》みのなかに隠れているのか？　どこへ頭を隠したのだ？

パック　（ライサンダーの声で）卑怯者、星に向って大言壮語、繁みを相手の喧嘩《けんか》、俺《おれ》には手がだせないのだな？　臆病者《おくびようもの》、小僧っ子、貴様なら、鞭《むち》でたくさんだ、斬《き》っても剣の穢《けが》れになるだけさ。

デメトリアス　うん、そこにいるな？

パック　声をたよりに、ついて来い。ここでは、思うぞんぶん戦えないからな。（デメトリアス、声の方について行く）

〔Ⅲ-2〕6

ライサンダーがふたたび戻って来る。

ライサンダー　いつも先まわりして挑《いど》むくせに、声の方へ行ってみると、もういない。あいつは、俺よりよほど足が早いらしい。こっちもけっこう急いで追いかけているのだが、奴の逃げ足にはかなわない。おかげで、どうやら、ひどく暗い凸凹《でこぼこ》の処《ところ》へ出てしまったぞ。ひとまず、ここで休むか……（堤の上に横になる）ああ、早く旭《あさひ》の顔を拝ませてくれ。お前が、その仄《ほの》かな光をすこしでもそそぎかけてくれたなら、それを頼りにデメトリアスを見つけて、見事に恨みをはらしてやるのだ。（眠りに落ちる）

デメトリアスが駆け戻って来る。

パック　（ライサンダーの声で）ほ、ほ、ほう！　卑怯者、なぜ、ついて来ないのだ？

デメトリアス　そこを動くな、勇気があるなら。ふん、わかっているぞ、貴様は、さっきから俺をだしぬき、あっちこっちと駆けずりまわるばかりで、堂々と踏みこたえ、まともに立ちあう気がないのだ……おい、どこにいるのだ？

パック　（遠くで）こっちへ来い。ここにいる。

デメトリアス　いいかげんにしろ、俺を嬲《なぶ》りものにする気だな。きっと目にもの見せてやるぞ、明るくなりさえしたら。それまでの命だ、勝手にしろ。すっかり疲れてしまった、仕方がない、この冷たい土の床に身を横たえるとするか……いいか、夜が明けたら、お見まい申すぞ。（ライサンダーとは別の堤に横になり眠りに落ちる）

ヘレナが空地にはいって来る。

ヘレナ　ああ、いやな夜、長い、いとわしい夜、早く経《た》っておしまい！　旭が東の空から慰めを送ってよこすように。そうすれば、アセンズへ帰れるでしょう、あたしを邪魔にしていじめるあの人たちの手をのがれて……今は眠りがほしい、いつも悲しみの目をとざしてくれる眠りに、ときの間も心をまぎらわしたい。（手さぐりで堤の方へ行き、デメトリアスが寝ているそばに伏して眠る）

パックが現われる。

パック　まだ三人か？　も一人こい。男と女、二二が四。そら来た、おきゃんのしょんぼりが。キューピッドはいたずら小僧、弱い女心を火と燃やす。

ハーミアが力なく戻って来る。

ハーミア いやな気持、こんなみじめな想いは始めて。露には濡《ぬ》れるし、茨《いばら》にはひっかかれるし、もうこれ以上、這《は》いも動きも出来はしない。足が言うことをきいてくれないのだもの。夜が明けるまで、ここで休んで行こう……天がライサンダーをお守りくださるように、万一、決闘にでもなったら！（よろめくようにして、ライサンダーのところへ行き、そのそばに眠る）

パック 大地が寝床、ぐっすり眠れ。その間に、まぶたに一たらし、おい、色男、それ、惚《ほ》れ薬。（ライサンダーの目に汁を塗る）お目々が醒めたら、もとの女の目を眺め、ぞっと嬉《うれ》しくなる仕掛け。下世話にも言うとおり、一人の男にゃ一人の女、お目々が醒めたら、そう願おう。ジャックにはジル、そうしてめでたく幕とじる。つがい同士がまた顔あわせ、四方八方、まるく収まる。（姿を消す。霧が薄れてゆく）

〔第四幕 第一場〕

7

前場に同じ

タイターニアがボトムと一緒に出て来る。ボトムの驢馬《ろば》の頭は花環《はなわ》で飾られている。妖精《ようせい》たちが列をなして続く。最後に、オーベロン、誰にも気づかれぬように出て来る。

タイターニア　さあ、この花の褥《しとね》にお坐りなさいまし。あなたのやさしい頬《ほお》が撫《な》でたいの。この柔らかい艶《つや》やかな髪の毛に麝香《じやこう》いばらをさし、そのすばらしい大きな耳に口づけをさせて、ああ、あたしの生き甲斐《がい》。(二人腰をおろす。タイターニアはボトムにすがりつく)

ボトム　豆の花さんはどこにいる?

豆の花　はい、どうぞ御用を。

ボトム　頭を掻《か》いてくれんか……蜘蛛《くも》の巣氏《うじ》はどこだ?

蜘蛛の巣　はい、御用を。

ボトム　これは、これは、蜘蛛の巣氏、お手なる得物をもってして、それなる薊《あざみ》の天辺《てつぺん》の尻《しり》ぺた赤き花蜂《はなばち》を、みごと仕留めてもらいたい。外でもない、蜘蛛の巣氏、蜜袋《みつぶくろ》がほしいのだ。なるべくお手柔らかに頼みますぜ。いいかな、ことに蜜袋をつぶさないようにね——お前さんが蜜に溺《おぼ》れたら、それこそ事だからな……辛しの種殿はどこかな？

辛しの種　はい、御用を。

ボトム　辛しの種殿、お手々を拝借。もうよい、さ、さ、頭をあげて。

辛しの種　御命令は？

ボトム　いや、なに、ただ豆の花殿を手伝って、頭を掻いてもらおうと思ってな。どうだな、床屋へ行かなくてはならないかな、どうも顔一杯、おそろしく毛むくじゃらになったような気がする——これでなかなか敏感な頓馬《とんま》でね、毛がちょっとでもさわると、かゆくて仕方ないのだよ。

タイターニア　それはそうと、何か音楽でもお聴きになりません？

ボトム　あたしゃ、音楽は結構わかるほうなんだ。ひとつ、ひんぴんぱかぱか、やってもらいましょうかな。

タイターニア　それに、何か召しあがりたければ、どうぞお好きなものをおっしゃって。

ボトム　待ってました、飼葉《かいば》を桶《おけ》一杯たのみますよ。極上の烏麦《からすむぎ》をむしゃむしゃやりたいもんだね。それに、どうやら乾草《ほしくさ》が一束ほしいらしいな。極上の乾草、甘き乾草、世にこれにまさるものなしだからな。

タイターニア 大層勇敢な妖精がおります、それに栗鼠《りす》のお倉をさがさせて、新しい胡桃《くるみ》を取ってこさせましょう。

ボトム それより、一掴《つか》みでも二掴《つか》みでもいい、乾豌豆《ほしえんどう》がほしいな。ところで、頼みがあるので……しばらく、そっとしておいてもらえないでしょうか……ちっと眠気をもよおしてきたのでね。

タイターニア どうぞお寝《やす》みなさいまし、あたしの胸にもたれて。みんな、退《さが》っておくれ、さあ、めいめいどこへでも。（妖精たち退場）こんなふうにして、昼顔は甘い忍冬《すいかずら》にやさしくからみつくのだわ。女は蔦《つた》、こうして楡《にれ》の木のがっしりした枝にまつわりつくの。ああ、好きで好きでたまらない！ どんなにあなたのことを想っているか！（二人とも眠りに落ちる）

オーベロンが前に出てきて、二人を見おろす。そこへパックが現われる。

オーベロン おお、パックか、どうだ、このていたらくは？ あまりたわいがなさすぎて、タイターニアがかわいそうになってきた。さっきも、森の奥で、これが花を摘んでいるのに出会ったが、それを、この見っともない抜け作に贈ろうという。つい、俺は頭ごなしに叱《しか》りつけ、とうとう喧嘩《けんか》になってしまった。そのときはもう、瑞々《みずみず》しい香《かお》りを放つ花の冠が、こうして、この毛むくじゃらのこめかみに巻きつけてあったのだ。それ、この露を見るがいい、大きな東洋の真珠のように、かつては蕾《つぼみ》の上に誇らしく盛りあがっていたものが、いまは、まるで吾が身のおちぶれを歎《なげ》く涙のように、いじらしい小さな花のまぶちにぽつりと宿っている。俺は思うさまどなりつけてやった。すると、これはおとなしく許しを乞《こ》うたので、すかさず、例の、さらってきたインドの子供をくれと言ってやった。これは即座に承知して、妖精を使いにだし、俺の亭《ちん》まで子供を送りとどけてくれたのだ。子供はもう俺のもの、この忌《いま》わしい目の迷いは解いてやるとしよう。おい、パック、お前も、この頓馬の首からお化けの頭をとりはずしてやれ。あとで、みんなと一緒に目を醒し、無事にアセンズへ戻って行けるようにな。そうすれば、今夜の出来事も、恐ろしい一夜の夢としか思うまい。まず、俺がタイターニアのまじないを解いてやろう……もとのお前にもどれるように、(目に汁をぬる) もとのとおりに見られるように。浮気の神のキューピッドの贈る花より、この貞潔な月の女神ダイアナの花の効きめの方が、はるかに強く、恵みも多い。さあ、タイターニア！　目を醒せ、妖精の女王様。

タイターニア　おお、オーベロン、何という変な夢を見たのでしょう！　なんだか、驢馬に夢中になっていたような気がするのだけれど。

オーベロン　そこに寝ているぞ、お前の恋人は。

タイターニア　どうしてこんなことになったのだろう？　ああ、見ただけで、ぞっとする、この顔！

オーベロン　しっ、お待ち……パック、頭をはずしてやれ……タイターニア、音楽をやらせてくれ、この五人とも、ぐっすり眠りこけるようにな。

タイターニア　音楽を、さあ、音楽を！　もっともっと眠くなるような。（静かな音楽）

パック　さあ、目が醒めたら、その持って生れた目の前の節穴から、とっくり外をのぞいてみるのだ。（驢馬の頭をはずす）

オーベロン　おい、音楽だ……（音楽、大きくなる）さあ、タイターニア、手を。みんなが眠っているこの大地のゆりかごを、そっとゆすってやるのだ……（二人、踊りはじめる）これで、俺たちも仲直りだ。あすの夜は、シーシアス公の館《やかた》で踊り興じ、その子孫の繁栄を祝福してやろうではないか。そうして、この、互いに想いあった二組の恋人たちも、シーシアスと一緒に、めでたく式をあげさせてやろう。

パック　妖精の王様、お聴きを。それ、雲雀《ひばり》の声が朝の歌を。

オーベロン では、タイターニア、そっと静かに、尾を引く夜の影を追い、大きな地球も一跨《また》ぎ、月より早く飛んで行こう。

タイターニア さあ、行きましょう、オーベロン。そして道々うかがいましょう、この私としたことが、ゆうべここで眠りに落ちて、いつのまにやら人間たちの仲間にはいってしまった、どうしてそんなことになったのか。(三人とも消え去る)

角笛《つのぶえ》の音がして、シーシアス、ヒポリタ、イジアス、その他が、狩りの姿で現われる。

シーシアス 誰か行って森役人を呼んで来い。これで五月祭の式も終った。が、日はまだこれからだ、ヒポリタに猟犬どもの音楽を聴かせてやりたい。かれらを西の谷間に放せ。急いでくれぬか、森役人を呼びに行くのだ。(侍者、礼をして去る)さあ、ヒポリタ、こちらは山の頂に登り、犬どもの吠《ほ》え声がこだまと和して奏する楽の音を聴こうではないか。

ヒポリタ 私も、昔、ハーキュリーズやカドマスに連れられて、クリート島の森にスパルタの猟犬を放ち、熊狩りをしたことがあります。その勇ましい吠え声といったら、あとにもさきにも聞いたことがありませぬ。森だけではなく、空も泉も、あたりを包む自然のすべてが一つになって、内なる想いを歌いあげるかのよう、そんな気がしましたもの。本当に始めてでした、不調和な音がそのまま歌になり、雷鳴が快く耳を慰めるなどとは。

シーシアス　私の猟犬もスパルタ種だ。脣《くちびる》が垂れさがり、毛色も褐色《かっしょく》、左右の耳は朝露を払うようなしなやかさ——膝《ひざ》はがっしり曲り、胸の内はセッサリー牛のように豊かに垂れている。追い足は遅いが、その吠え声は、さまざまな鐘の音の互いに響き合うに似て、おのずから調子があっている。かほど角笛にのって効果を発揮できる犬の声は、クリート、スパルタ、セッサリー、どこであろうと聞けはしまい。その耳で確かめるがよい……や、待て、この森の女神たちは、何者だ？

イジアス　それが、殿様、ここに眠っておりますのは、私の娘でございます——これがライサンダー——こちらはデメトリアスで——そして、これはヘレナ、あのネダー老人の娘のヘレナでございます。さっぱりわかりませぬ、みんな、どうして一緒に、こうしてここにおりますのやら。

シーシアス　きっと五月祭で早起きしたのであろう。恐らくこの狩りの催しを知って、その挨拶《あいさつ》に来たのかもしれぬ……そういえば、イジアス、きょうはハーミアが婿《むこ》選びの返事をする日ではなかったか？

イジアス　はい、さようでございます。
シーシアス　よし、勢子《せこ》に命じ、角笛をならして、四人の目を醒させろ。（角笛の音や喚声が聞えてくる。四人、目を醒す）お早う。小鳥どもがたがいに相手を求めあう聖ヴァレンタインの祭りはとうに過ぎたはず、それなのにこの森の小鳥たちは、やっと今ごろ恋を囁《ささや》きはじめようというのか？
ライサンダー　殿様、つい気がつきませず、失礼をいたしました。（四人、シーシアスの前に膝まずく）
シーシアス　いや、いや、みんな立ってくれ。たしか二人は敵同士《かたきどうし》のはず。どうして和解に立ちいたったのだ、憎みながら、互いに相手を疑わず、いささかの懸念《けねん》もなしに、枕《まくら》を並べて眠るとは？
ライサンダー　それが、どうお答えしてよいやら、さっぱりわかりませぬ、いまだ夢うつつ、頭がはっきりいたしませぬので……とにかく、今のところ、どうしてここへ参ったのか、じじつ、それもわかりませぬ……とにかく、たぶん――いえ、正確に申しあげたいと思いますので、そうなると、今のところ、「たぶん」の話しかできませぬが、つまり、こういうことで……私はハーミアと一緒でした。アセンズから逃げだすつもりだったのです……そうして、アセンズの法律に縛られぬところへ行きたいと――

イジアス　それだけで、もう十分でございます、殿様、あとはお聴きになる必要はございませぬ。このうえは、なにとぞ法律を、法の裁きを、この男の頭上に……二人は駆落ちをしようとしたのだ、そうだぞ、デメトリアス、姿をくらまし、お前とわしの裏をかこうとしたのだ、お前は妻を、わしは父たる権利を、すなわち、娘をお前の妻にくれてやるという父たる権利を、奪われようとしているのだぞ。

デメトリアス　申しあげます。じつはヘレナがこの二人の駆落ちのことを知らせてくれました。二人がこの森で落ちあう計画と知り、私はかっとして、そのあとを追ったのです。一方、ヘレナも、私を慕って、ここまでやって来ました。しかし、殿様、いったいどういう魔力の働きか——はい、確かに、何者かの力により——ハーミアを想う私の心は、淡雪のように溶けさり、今となっては、ただ子供のころむやみにほしがったつまらぬ玩具《おもちゃ》も同然、たわいない憶《おも》い出《で》となってしまったのです。そして、吾が誠は、心の拠《よ》りどころは、それればかりか、この目を喜ばせる姿形も、このヘレナをおいて他《ほか》には無くなってしまいました。もともと、ハーミアに会うまえは、ヘレナと契《ちぎ》りあった仲なのでしたが、まるで病気にでもなったように、この好きな食べものが嫌いになってしまったのです。今また、健康をとりもどし、日ごろの味覚が還《かえ》って来たのでしょう、それがほしい、それが好きなのです、どうしてもそれが手に入れたい。今度こそは、死ぬまで、それに忠実でありたいと思います。

シーシアス　みんな、よいところで会ったな。一切のいきさつ、またあとで聴かせてもらうとしよう……イジアス、おまえの希望は聴き入れられぬ。この二組の男女、いずれ、われらとともども、神前にとわの契りを交《かわ》させたいと思っている。どうやら朝もだいぶ遅くなったようだ、狩りは中止にしよう。さあ、揃《そろ》ってアセンズへ！　花婿三人、花嫁三人、厳《おごそ》かに式をとり行い、披露の宴を張るとしよう……行こう、ヒポリタ。（シーシアス、ヒポリタ、イジアス、その侍者たち退場）

デメトリアス　何もかも小さく霞《かす》んでゆくようだ、遠くの山々が雲のなかに溶けこんでゆくように。

ハーミア　なんだか、二つの目で別々に眺めているよう、みんな二重に見えるのですもの。

ヘレナ　あたしもそうなの。デメトリアスは手に入ったけれど、それが拾い物の宝石のよう、自分のものであるような、自分のものでないような。

デメトリアス　僕たち、確かに目が醒めているのだろうか？　なんだか、まだ眠っているような気がする、夢を見ているような。あれは本当にあったことか、殿様がここにいて、一緒について来いと言われたのは？

ハーミア　そう、父もいたわ。
ヘレナ　ヒポリタさまも。
ライサンダー　そうして、殿様は神殿に来るようにと言われた。
デメトリアス　そうか、それなら、みんな、目が醒めているのだ。さ、殿様のあとを追おう。道々、ゆっくり夢の話をしようではないか。（一同、シーシアスのあとを追う）
ボトム　（目を醒して）俺の出場《でば》になったら呼んでくれ、すぐせりふを言うからな……この次のきっかけは、「世にも麗《うるわ》しきピラマス様」だぜ。おおい……（あくびが出る。あたりを見まわす）ピーター・クィンス！　オルガンなおしのフルート！　鋳掛屋《いかけや》のスナウト！　スターヴリング！　あれ、あれ！　逃げてしまいやがったな、眠っているのをいいことに、置いてきぼりをくわせたな！　とてつもない夢を見ていたぞ、俺は。夢だよ、あれは――人間様の思いもつかない話だね。こうなると、人間などは馬同然、いくら考えたって解りはしないやな……（立ちあがり）その夢のなかで、この俺は、どうやら――人間に解るものか、あのときの俺の姿は、いったい……（手を頭のところへ持ってゆき、耳にさわって）この俺は、どうやら、で、どうやら、ここのところに……とはいうものの、人間なんてものは、所詮《しょせん》、大馬鹿野郎さ、ここのところに何があったなんて、言いだすようじゃな。どだい、人間の目が聞いたこともない、耳が見たこともない、手が味わったこともない、しかして、舌も考えず、心臓も伝えざるていの、前代未聞《みもん》の珍事、吾《わ》が輩の夢たるや、まさにそういうものだ。ひとつ、ピーター・クィンスに頼んで、この夢の話を歌にしてもらうか。題は、「ボトムの夢」がいい、だって、ボトム、ぼけるの夢だものな。俺は、そいつを、芝居の終りに、殿様の前で歌ってやろう……それとも、もっとおもしろくするために、シスビーの臨終のときに歌ってやるかな。（言いながら退場）

〔第四幕　第二場〕

8

ピーター・クィンスの家

クィンス、フルート、スナウト、スターヴリング。

クィンス　ボトムのところへ使いをだしたかい？　もう帰って来たかな？

スターヴリング　奴《やっこ》さんのことは、解りっこないよ。間違いなし、奴はもう人間じゃなくなってしまったんだからな。

フルート　もし帰って来ないとすると、芝居は中止だ。二進《にっち》も三進《さっち》もいかなくなりはしないかね？
クィンス　だめだ。アセンズ中さがしても、ピラマスの出来る男は、あれ以外には、一人もいない。
フルート　そうだとも、あの男、アセンズの職人中、一番の芸達者だからな。
クィンス　まったくだ、男っぷりも一番だしな――それに、あの声のよさもだ、まあ、お歴々のおめかけにかなうこと請けあいだね。
フルート　そういうときは「お眼鏡《めがね》」って言うのだよ……おめかけだなんて、とんでもない、それは、見かけだけで、中身は空っぽってことだな。

スナッグ登場。

スナッグ　おい、みんな、殿様が神殿から出て来るぜ。おまけに、やっぱりお偉方で、もう二、三組、式をあげたのがいる――余興がうまくいっていたら、俺《おれ》たちも、けっこう、いい身分になれたのにな。
フルート　ううむ、ボトム、惜しいことをしたものだ！　おかげで、奴さん、一生毎日六ペンスのお手当を貰《もら》いそこなってしまったよ。六ペンスは間違いないところだったのにな……ピラマス役さえやっておけば、殿様はきっと一日六ペンスのお手当をくれる、首をかけてもいいね……それだけの値うちはあるものな……ピラマス役の一日六ペンス、こいつは、げんまん、間違いっこなし。

ボトム登場。

ボトム 若いの、どこへ行った？ みんな、どこだい？

クィンス ボトム！ おい、嬉《うれ》しいじゃないか！ こんなめでたいことが！（一同、ボトムを取巻く）

ボトム やあ、みんな、これから、じつに摩訶《まか》不思議なる話をしてやるぞ。だが、どんな話か教えるわけにはいかない。そんなことしたら、アセンズ子とは言えないからな。俺は、何もかも話すつもりだ、起ったとおり、一つ残らずな。

クィンス 聴かせてもらおうじゃないか、ボトム。

ボトム 俺としては、一言も話せない……さしあたって、言えることは、殿様の御食事が終ったということだ。さあ、みんな、衣裳《いしょう》をつけてくれ——ひげには丈夫なひもをつけるんだ、靴には新しいリボンをつけてと――すぐにお館に集まってくれ、自分の役のところを読みかえしておくのだぜ……手っとり早く言えば、要するに、殿様におかせられては、俺たちの芝居をおとりあげになったというわけさ。何はともあれ、シスビーにきれいなリネンを着せてやることだ。それと、ライオンの役をやる奴は、爪を切ってはならない。ライオンの爪というものは、長く伸びていなくてはならないからな――それからと、吾が役者連中すべてに言っておくが、玉葱《たまねぎ》を食ってはいけないぞ、にんにくもだめだ。匂《にお》いのいい息をださなくてはいけないからな。そうすれば、きょうの芝居、あまり出来がかんばしくないなんて言われずにすむというものだ……もう、言うことはない……さ、出かけた、出かけた！（一同、急ぎ退場）

9

〔第五幕 第一場〕

シーシアスの宮殿、大広間

カーテンがかかっていて、うしろの大廊下に通じる出入口を隠している。煖炉《だんろ》には火が燃え、燈火、炬火《たいまつ》が出ている。

シーシアスとヒポリタをはじめ、フィロストレイト、その他の貴族、侍者たちが出て来る。シーシアスとヒポリタ、腰をおろす。

ヒポリタ　妙な話、シーシアス、あの恋人たちの言うことときたら。

シーシアス　妙だな、本当とは思えぬ。到底、信じられぬのだ、あんな奇妙な昔話や、子供くさいお伽話《とぎばなし》は。恋するものや気違いなどというものは、頭のなかが煮えくりかえり、在りもしない幻をこしらえあげるらしい、あげくの果てに、冷静な理性ではどうにも考えつかぬことを思いつく。物狂い、恋するもの、それと詩人だ、彼らはいずれも想像で頭が一杯になっている。広大な地獄にもはいりきれぬほど、たくさんの悪魔を見るものがある、それが、つまり、狂人だ。恋するものも、やはり気違い同様、どこの馬の骨かわからぬ乞食女の顔に、国を傾ける絶世の美女の再来を想《おも》う。詩人の目とて同じこと、ただもう怪しく燃えあがり、一瞥《いちべつ》にして、天上より大地を見おろし、地上からはるかの天を見はるかす。こうして、詩人の想像力が、ひとたび見知らぬものの姿に想いいたるや、たちまちにして、その筆が確たる形を与え、現実には在りもせぬ幻に、おのおのの場と名を授けるのだ。強い想像力には、つねにそうした魔力がある。つまり、何か喜びを感じたいとおもえば、それだけで、その喜びを仲だちするものに思いつくし、闇《やみ》夜《よ》にこわいと思えば、そこらの繁《しげ》みがたちまち熊と見えてくる、それこそ、何のわけもないこと！

ヒポリタ　でも、ゆうべの話、一部始終、聴いてみますと、それに、じじつ、みんながみんな、揃って心変りしてしまったとなると、たんに夢幻とのみは言えない、何か大きな必然の力が、そこに支配しているようにも感ぜられるのですけれど……いずれにしても、奇蹟《きせき》のような話。

シーシアス　それ、その恋人たちがやって来た、喜びにはちきれそうな顔をして……

ライサンダーとハーミア、デメトリアスとヘレナ、組になって話し笑いながら登場。

シーシアス　おめでとう！　清らかな喜びに満たされた日日の愛を！

ライサンダー　それにも優《まさ》る幸《さち》を祈ります、お庭のそぞろ歩きに、おさしむかいの食卓に、枕《まくら》を交《かわ》す新床《にいどこ》に！

シーシアス　それはそうと、仮装や踊りがあるとか、この三時間あまり、夜食から床入りまでの長い時を埋めてくれるというが、いったいどんな趣向があるのかな？　宴の係りはどこにいる？　内容は決っていいような？　芝居はないのか、この待つ身の責苦をまぎらしてくれるような芝居は？　フィロストレイトを呼べ。

フィロストレイト　ここにおります。

シーシアス　おお、今夜の暇つぶしに、何か名案があるのか？　仮装はどうなっている？　音楽の方は？　何か慰みごとでもなければ、この遅い時の歩みをまぎらすことが出来まい？

フィロストレイト　数々の余興、用意万端ととのっております、その次第はこの書附けに……御意にしたがい、順次お目にかけますれば、なにとぞお申しつけくださいますよう。（紙をさし出す）

シーシアス　「怪人センター族との戦い、出演・アセンズの宦官《かんがん》、伴奏・竪琴《たてごと》」これは止《や》めてもらおう。もうヒポリタに話してしまった、従兄《いとこ》のハーキュリーズの手柄話をしたときだったな……「酒の神バッカスの祭りにおける巫女《みこ》の怒り、トラキアの歌手オルフュースを八つ裂きにせし物語」着想が古い、このまえテーベから凱旋《がいせん》したときに見せてもらったやつだ……「さきごろ陋巷《ろうこう》に窮死せし賢者を悼《いた》む九人のミューズ」皮肉だな、なかなか手きびしい、婚礼の祝いにはふさわしくない……「若きピラマスと恋人シスビーとの長たらしく短き出会い、涙ぐましくもおかしき一場」おかしくて、涙ぐましい！　長たらしくて、短い！　これは、つまり、やけどするような氷、紅蓮《ぐれん》の炎を吹く白雪というようなもの。この相容《あいい》れぬものをどうして一緒に出来るのだ？

フィロストレイト　その芝居と申しますのは、殿様、せりふが十ばかりしかございません。寡聞《かぶん》にして、これほど短い芝居はぞんじませぬ。ところが、その十のせりふが、それだけでもう長すぎるのでございます。つまり長たらしい感じを与えます。なぜと申しますなら、そのうち一つとして適切なせりふなく、一つの役らしき役もございません。また、涙ぐましきと申しますのは、殿様、まさにそのとおり、劇中、ピラマスは自害いたします。正直、稽古《けいこ》を見ておりまして、すっかりこの目は水びたし、とは申せ、いかな笑いにも、かほど身をよじり、涙をしぼられた覚えはありませぬ。

シーシアス　いったいどういう連中だな、それをやるのは？

フィロストレイト　このアセンズで働いております職人ども、手足を動かすだけが身上、きょうがきょうまで頭というものを使ったためしのない連中、それが生れてはじめて記憶力というものを用いまして、この芝居を殿様の御婚礼の御祝いに供しようというのでございます。

シーシアス　よし、それを見せてもらおう。

フィロストレイト　ま、およしなさいまし、お歯にあう代物《しろもの》ではございませぬ。私も一応下見はいたしましたが、それはもうなっておりませぬ、てんでなっておりませぬ。ただただお気に召しますようにと、四苦八苦、覚えたせりふを七顚八倒《しちてんばっとう》しぼり出すおかしさだけのこと、その志だけが取柄のものでございます。

シーシアス　その芝居を見せてもらおう。何にせよ、素朴と忠実が大切、その気持でしてくれることに、間違いのあろうはずはない……さあ、そのものたちを呼び入れるように――御婦人方も席についていただこう。（フィロストレイト出て行く。一同、観劇の心構えでそれぞれ席につく）

ヒポリタ　私はあまり気がすすみませぬ、無理をして勤めるのはよいけれど、それでやりそこなって、みじめな結果に終るのを見たくはありませぬ。

シーシアス　なに、大丈夫だ、そんなことにはなるまい。

ヒポリタ　でも、今の話では、こういうことは、もともとだめな連中とか。

シーシアス　だめなものであればこそ、それを喜んでやるのが、吾らの心遣《こころや》りというものであろう。相手がやりそこなったら、こちらはそれを見そこなってやるだけのこと、それがけっこう吾らの楽しみとなろう。下のものが勤めて出来ぬことを、上のものはそのまま受け容れ、ただ心を見て、出来栄《できば》えを問わぬことだ。いつであったか、あるところへ行って、偉い学者たちから用意の歓迎の言葉を述べられたことがあったが、いざとなると、その学者たち、体が震え、顔色が変り、文句の途中で息が切れ、せっかく練習した調子も臆《おく》して舌がもつれる始末、あげくの果てに、黙りこんでしまい、もう歓迎も何もあったものではない。正直な話、その沈黙のうちに、私は、かえって歓迎の誠を汲《く》みとったのだ。臆して語らぬ控えめな忠実、その方が、べらべらとまくしたてる人もなげな押しつけがましい雄弁より、はるかに豊かな感じがした。それゆえ、何よりも愛の誠が、そして舌を縛られた素朴な心が、語らねば語らぬほど多くを語るように思われるのだ。

フィロストレイトが戻って来る。

フィロストレイト お待たせ申しあげました。いよいよ口上役の登場にございます。
シーシアス すぐ始めるがよい。

カーテンの前に口上役クィンスが現われる。句読点を無視した口上。

クィンス 「もし皆様方の御不興を買わんか、これ、すなわち、吾らの願い。御不興を買わんとにはあらず。つたなき技《わざ》を御高覧に供せんとの願いにして、これ、すなわち、吾らの目的の真の動機にございますれば、吾らは悪意もてまかり出《い》でたるもの。ゆめ、そう思召《おぼしめ》されぬよう。もとより、御満足いただきたいとの念願なく、して、吾らの真意、在りようもございませぬ。ひたすらお心をお慰め申しあぐることのほかには、何でもやってごらんにいれます、見て御損になるようなことを。御高覧に供そう気は毛頭ございませぬ。役者どもの用意が出来ましたようでございます。まず黙劇により、芝居の一部始終、御覧いただきますよう」（カーテンのうしろへ鞭《むち》で合図する）

シーシアス　文句の区切りがでたらめだな。

ライサンダー　暴《あば》れ馬よろしく突っぱらせます。とめ方を知りません。殿様、よい教訓が出来ました——喋《しゃべ》るは易《やす》く、語るは難《かた》し、と。

ヒポリタ　まるで子供が笛を吹くような——音は出るけれど、調子がとれないのですもの。

シーシアス　つまり、もつれた鎖よろしくだな。切れてはおらぬが、使えぬという奴だ。今度のは何だ？

カーテンの前にピラマス、シスビー、石垣、月光、ライオンが、黙劇のていにて登場。クィンスが説明役。

クィンス　「御見物の皆様方、これより始まるだんまり芝居、訳がわからず御迷惑なさるでございましょう、なにぶん、しばらく御迷惑のほどを、やがてすべては明々白々と相成るはず。これなる男は何を隠そうピラマス殿、こちらの美人は紛《まご》うかたなきシスビー姫。この男、すなわち石灰と漆喰《しっくい》にまみれたる御仁《ごじん》は、石垣をつとめます、かの二人の恋人の逢《お》う瀬《せ》を堰《せ》いて隔つる憎き石垣こそこの男。この石垣の割れ目より、相寄る哀れな魂は、せめてもの慰め、たがいに恋を囁《ささや》きかわす。至極当然、ゆめ訳がわからぬなどとおっしゃいませぬよう。さて、ここに、犬を連れ、提燈《ちょうちん》、茨《いばら》の繁《しげ》みを持てる御仁は、月の光を演じます。と申しますのは、かの恋人二人、月かげたよりに、処《ところ》もあろうに、ナイナスの墓地にて逢引《あいび》きいたし、そこにて、そこなる墓地にて、恋の語らいという仕掛けにございます。これなるすさまじき四足は、世にいうライオン、かのなさけ深きシスビーがまず夜の闇にまぎれて姿を現わししところを、やにわに威《おど》し、と言うよりは、ぎょっとさせ、そこで逃げだすシスビー、落っこちるマント。憎むべし、かのライオン、それをば血みどろの口に銜《くわ》えれば、血痕《けっこん》いともなまなまし。折から来かかるピラマスは、丈《たけ》高く凛々《りり》しき殿御。ふと目に入りし血染めのマント。これこそは情愛ふかきシスビーのものと知り、やっとばかりに刃《やいば》を抜きはなち、この血に飢えし忌《いま》わしき抜身をもちて、勇ましくも、いざとばかりにたぎる血潮の吾が胸を突きとおします。かたや、桑の樹陰《こかげ》に隠れいたりしシスビーは、これを見て駆けよりざま、男の腰なる短剣ひきぬき、鋭き切っ先、吾が胸に、というわけで、おあとは、ライオン、月光、石垣、かてて加えて恋人二人、それぞれ舞台を勤めまするあいだに委細を申しあげる手筈《てはず》にございます」

シーシアス　ライオンが口をきくのかな。

デメトリアス　御不審にはおよびません、殿様――口をきくライオンも一匹くらいおりましょう、当節は、驢馬《ろば》でさえ、口のきけるのが、いくらもあるのですから。（石垣とピラマスを残して、役者たち退場）

石垣、三歩前に出る。

石垣　「この間狂言《あいきようげん》におきまして、たまたま、それがし、スナウトなるもの、石垣の役をば演じます。しかして、石垣は石垣でも、あらかじめ御諒解《ごりようかい》ねがわしきは、ひびの入りたる穴というか、いわば割れ目がございます。その穴ごしに、相思の恋人、すなわちピラマス、シスビーの両名が、しげしげ、ひそかに囁きをかわすというわけでして……この粘土、この漆喰、この石が、とりもなおさず、この身の石垣なる証拠、まずはそういう次第にございます。しかして、これぞ、かのひび割れ、右と左にありまして、(指を開いて伸ばす) この穴ごしに、男女二人が恐る恐る恋をば囁きかわすという寸法にございます」

シーシアス　漆喰にこれ以上の弁舌は期待できまい?

デメトリアス　仰《おお》せのとおり、これほど気のきいたせりふが言える石垣は、まったく始めてでございます。

ピラマスが三歩前に出る。

シーシアス　ピラマスが石垣に近づいたぞ。静かに!

ピラマス　「おお、見るも恐ろしき夜! おお、漆色の夜! おお、暮れればかならず訪れる夜、おお、夜や、おお、夜や、口惜しや、口惜しや、口惜しや、もしや、わがシスビー姫の、約を忘れしにあらざるや……しかして、汝《なんじ》、おお、石垣よ! おお、なつかしき、おお、いとしき石垣よ! かの姫の父御《ててご》の屋敷とわが父の屋敷の境に築かれし、汝、石垣、おお、石垣よ! おお、なつかしくもいとしき石垣よ! 汝の割れ目を見せよかし、わが目もて、のぞき見せんがため。(石垣、命じられたとおりにする) 礼を言うぞよ、心やさしき石垣よ。汝のうえにジョーヴの神の恵みあれかし！　いや、待った、何が見える？　見えはしない。どこにもシスビーが見えぬぞ。おお、いじわるき石垣よ、わが仕合せの泉が見えぬではないか、汝、石垣の石よ、呪《のろ》われてあれ、かくもわれを欺《あざむ》くとは！」
シーシアス　あの石垣は生きているらしいから、きっと呪《のろ》いかえすだろう。
ピラマス　とんでもございませぬ、殿様、けっしてそんなことは。「かくもわれを欺くとは」が、シスビーのきっかけでして、すぐにも、あれの出になります、で、私は石垣ごしにそれを見つける……どうぞ見ていてくださいまし、いま言ったとおりになりますから……それ、向うに、あれが。

シスビー登場。

シスビー「おお、石垣よ！　吾が美しき殿御ピラマスとわらわの間を堰き隔つる汝、吾が歎《なげ》きを聞きしこと、そもいくそたび、桜の実のごとく紅色の吾が脣《くちびる》、汝の石に口づけせしこと、そもいくそたび、石灰と毛にて塗り固めし汝の石に」
ピラマス「声が見える。いざ、割れ目に赴《おもむ》かん、わがシスビーの顔が聞えるかもしれぬぞ。シスビー！」
シスビー 「吾がいとしの君！　そなたはわらわの恋人、らしい」
ピラマス 「らしかろうが、らしからざろうが、吾はそなたの恋人、かのリマンダーのごと、吾が契《ちぎ》りし誠に変りはない」
シスビー 「わらわもかのヘレナのごと、運命の女神に命たたるまで、とことわに」
ピラマス 「プロクラスを想うシャファラスの誠も、よもやかほどに激しくはあらじ」
シスビー 「プロクラスを想うシャファラスの誠を、そのまま、わらわよりそなたの胸に」
ピラマス 「ああ！　口づけを、この憎き石垣の穴ごしに」
シスビー 「こうして口づけいたします、石垣の穴に。されど、そなたの脣に届きませぬ」
ピラマス 「これよりただちにマイナスの墓地にて、会うてはくれぬか？」
シスビー 「生きようと死のうと、いといませぬ、すぐにも参りましょう」（ピラマスとシスビー、退場）
石垣 「まずはこのとおり、石垣の役目は相済みました。済んだからには、このとおり、石垣はさっさと奥へ引っこみまする」（石垣退場）

シーシアス　壁はお払い箱にして、今度は月を仲だちにしようというわけだな。

デメトリアス　お払い箱になっても仕方はありませぬ、壁の分際で無断立聴きをするようでは。

ヒポリタ　こんな馬鹿馬鹿しい芝居ははじめて。

シーシアス　いくらよいものでも、芝居は芝居、所詮《しよせん》、影にすぎない。そう思えば、いくら不出来でも、がまん出来よう、想像で補いをつけてな。

ヒポリタ　と言っても、それはあなたの想像力だけのこと、役者のそれとはなんの関《かか》わりもありませぬ。

シーシアス　いや、役者たちが自分を買っている程度に、こちらでもその能力を買ってやれば、みんな、けっこう名優として通るものだ。それ、出て来たぞ、立派な獣が二匹、月とライオンだな。

ライオンと月光登場。

ライオン　「淑女の皆様方、こそこそと床のうえ這《は》う小憎き小鼠がこわいとおっしゃるお優しきお心の方々なれば、猛《たけ》り狂える荒々しきライオンの雷《いかずち》のごとき雄叫《おたけ》びに、今ぞ、さぞかし震えおののきおられましょう。それゆえ、お知らせいたします、これなる私、じつは指物師《さしものし》のスナッグ、たまたま、恐ろしき牡獅子《おじし》になりましただけ、それもしばし、けっして本物の牡獅子ではございませぬ。といって、もちろんやさしき牝獅子《めじし》でもありませぬ。そもそも、てまえがもしも真実、獅子になり、これなる場所に暴れこみましょうものならば、私といたしましても、それこそ、悲しい話になります」

シーシアス　馬鹿に気のやさしい獣だな、それに、けっこう良心的だ。

デメトリアス　これほど気だかい獣には、始めてお目にかかりました。

ライサンダー　しかし、胆玉《きもったま》にかけては、ライオンというよりは狐《きつね》ですよ。

シーシアス　まったくだ、そして分別は鵞鳥《がちょう》というところか。

デメトリアス　そうはゆきませぬ、殿様、なぜなら、あの男では、勇気をだせば、分別が逃げます。が、狐はかならず鵞鳥をつかまえます。

シーシアス　分別をだせば、勇気が逃げる、そうだろう、鵞鳥は狐をつかまえられぬからな。まあ、よい、そいつはあの男の分別にまかせておいて、月の言うことを聴こうではないか。

月光「この提燈は角形《つのがた》の三日月をあらわしまして――」

デメトリアス　角なら、自分の頭に生やしてくれればよかった。

シーシアス　あの頭は、どう見ても三日月ではない。角はあの丸顔の中に隠れて見えぬのだろう。

月光　「この提燈は角形の三日月をあらわしまして、てまえは、月の中なる人間ということになるようでして」

シーシアス　でたらめも、こうなるとひどい。それでは、あの男、提燈の中にはいらなければならなくなるぞ。さもなければ、どうして月の中なる人間になるのだな？

デメトリアス　蠟燭《ろうそく》があるので、中へはいれぬのでしょう——それ、御覧のとおり、燃えがらがいぶり、しきりに頭から煙を出しております。

ヒポリタ　この月は、もうごめん。早く引っこんでくれればよいのに！

シーシアス　まあ、あの分別の光の乏しさから察して、やがてすぐ虧《か》けるであろう。が、それまでは、つきあいからいっても、自然の道理からいっても、時がくるまで待たねばなるまい。

ライサンダー　先をやれ、お月さん。

月光　「まず申しあげておかねばなりませんのは、つまり、この提燈がお月様なので、てまえは、ただ月の中なる人間で、この茨《いばら》がてまえの茨で、この犬がてまえの犬であるということでして」

デメトリアス　へえ、それはみんな提燈の中になくてはいけないはずだがな、だって、みんな月の中にあるものだからな。ま、いい、黙ろう。そら、シスビーが来た。

シスビーが出て来る。ライオンと月とがカーテンを開ける。そこには「ナイナス墓地」と書いた立札が見える。

シスビー　「これぞ、古《いにしえ》のマイナス墓地。いとしの君はいずこに？」
ライオン　（吠《ほ》える）うおう！　（シスビーはマントを投げつけ、あわてて逃げる）
デメトリアス　吠えっぷり、見事、ライオン君。
シーシアス　逃げっぷり、見事、シスビー姫。
ヒポリタ　照らしっぷりも、見事だこと、お月さん。本当、あのお月さん、けっこう上手に照らしていること。（ライオンがシスビーのマントを銜《くわ》える）
シーシアス　銜えっぷりもよいぞ、ライオン。
デメトリアス　かくして、いよいよ、ピラマス登場。

ピラマスが出て来る。ライオン退場。

ライサンダー　かくして、ついに、ライオン退場。

ピラマス「なつかしき月よ、汝のおかげで、真昼の明るさ。礼を言うぞ、月よ、光まばゆき月光よ。汝の懇切なる、金色《こんじき》の、皎々《こうこう》たる光線、これを頼みに、吾が頼みの綱たるシスビーを、確かに見つけることが出来ようぞ。や、待て……おお、なんたる悲しみ！　待て、これを見よ、歎きの騎士、かくばかりうたてき憂《うれ》いの、まなかいに！　目よ、見ゆるや、これが？　いかにして、かくなりつるぞ？　ああ、吾が愛するあひる、ああ、あさましき！　懐《なつ》かしや、そなたのマントが、なんと、なまぐさき血にまみれて？　いざ、来たれ、荒れ狂う復讐《ふくしゅう》の神！　おお、来るがよい、来るがよい、運命の神よ、吾が命の糸を断ち切れ、さあこんぐらがらせろ、こづけ、こわせ、こっぱみじんだ、こまぎれだ！」

シーシアス　大苦しみだな――恋人は死んでしまったし――あの悲しい顔つきも当然かもしれぬ。

ヒポリタ　馬鹿馬鹿しいけれど、さすがにかわいそうになってきました。

ピラマス「おお、造化の神よ、何とてライオンを造りしや？　その憎きライオンあればこそ、かくは、吾が恋人の花の命の果てにけれ。そは、またとなき絶世の美人、今の世に――いや、間違い――つい、さっきまで、ありとあらゆる世の人のあくがれ、愛し、崇《あが》め、仰げる佳《よ》き人なりしぞ。さあ、涙よ、流れよかし、鞘《さや》ばしれ、剣よ、突きさせ、ピラマスの空《むな》しき胸を。然《しか》り、左の胸を、無念の心臓の跳びはねるあたりを……（胸を刺して死ぬ）かくてぞ死ぬる、吾は、かくして……かくして……（剣をおとし、よろめきながら墓地まで行き、倒れ伏す）今ぞ死ぬる、今ぞもぬけの殻、吾が魂はみ空に……舌よ、光を消せ、月よ、ものを言うな！（月光走り去る）今ぞ死ぬる、死ぬぞ、死ぬぞ、死ぬぞ」（顔を蔽《おお》う）

デメトリアス　四の五の言ってもむだだ、一点しかやれないね――だって、この芝居、ロハでもなければ、見られないよ。

ライサンダー　一点以下だ、まったく――死ねば、元も子も無しのロハだからな。

シーシアス　もっとも、医者にかかって、生きかえり、ますます驢馬《ろば》の真骨頂を発揮しかねない。

ヒポリタ　どうして月は引っこんでしまったのかしら？　またシスビーが戻って来て、恋人の死骸《しがい》を見なければならないのに。

シーシアス　星の光で見るのだろう……そら、出て来た、女の歎きで幕というわけだ。

シスビーが出て来る。

ヒポリタ ピラマスがあれでは、そう長く歎いてやるまでもありますまい。早く切りあげてくれるとよいけれど。

デメトリアス あのピラマスにこのシスビー、天秤《てんびん》にかければ、塵《ちり》っぱ一つの差というところだ。あのピラマスが男と言われれば、ぞっとする。このシスビーが女と言われても、ぞっとしますよ。

ライサンダー もう、男を見つけたぞ、あの目のいいこと。（シスビー、墓地のなかにピラマスを見出《みいだ》す）

デメトリアス かくてぞ、今や、かの女、悲しみを天に訴えんと、以下、点、点、点……

シスビー 「眠っておいでか、吾がいとしの君？　しまった、死んでしまったか？　おお、ピラマス、起きませ、もの言わしませ。唖でもないのに、おし黙って？　（ピラマスの顔を起す）死んでしもうたか、死んで？　墓よ、この美しい目を隠しておくれ。このくちなし色の脣、紅薔薇《べにばら》の鼻、黄色い鳳仙花《ほうせんか》の頰《ほお》、みんな、みんな、みんな消えてしもうた。世の恋するものたちよ、みんな一緒に泣いておくれ。君の目の葱《ねぎ》のごとく青かりき……（泣きくずれる）おお、運命の女神《めがみ》たち、いざ、いざ、わらわをも。その死のごとき白き手を、血のりのなかに突きいれよかし。かの君の絹にもまごう玉の緒を、はさみ切りたる手ではないか。舌よ、喋《しゃべ》るな、刀よ、頼む、いざ、剣、突きさせ、吾が胸……（ピラマスの剣をさがしまわるが、ついに見つからず、鞘《さや》で自害する）さらば、世の人、これにてさらば。これを最後に、シスビーの最期を。さらば、さらば、さらば」（死骸の上にどたりと倒れ伏す）

ライオン、月光、石垣が現われ、ナイナス墓地をカーテンにて隠す。

シーシアス　月光とライオンとが死骸の始末に残ったというわけか。
デメトリアス　そうらしゅうございます、石垣もどうやら。
ライオン　そうではないので。両家を隔てていた石垣は、もうこわれてしまいました……（ふところから紙片をとりだし）さて、これから最後の口上をお目に聞かせることにいたしましょうか、それとも相棒二人にバーゴマスクの馬鹿踊りでもやらせて、お耳に見せることにいたしましょうか？
シーシアス　口上はもう願いさげにしよう――この芝居、いまさら弁解は要《い》るまい。それはやめたほうがよい、登場人物はみな死んでしまって、文句を言う相手がいなくなってしまったのだからな……いや、まったく、この芝居を書きおろしたものがピラマス役を演じて、最後にシスビーの靴下どめで首を縊《くく》って見せたら、けっこう高級な悲劇になったろうが。本当だ、なかなかみごとな出来栄《できば》えであった……とにかく、そのバーゴマスク踊りというのを見せてもらおう。口上はやめにしておいてくれ。

月光と石垣がバーゴマスクを踊りながら退場。ライオンも退場する。

シーシアス （立ちあがって）深夜の鐘が十二時を打ち終った！　さあ、恋人たち、新床が待っている――そろそろ妖精《ようせい》どものさまよい歩くころおい……このぶんでは、あすの朝、寝すごしそうだ、だいぶ夜ふかしをしたからな。なんともたわいのない芝居ではあったが、遅い夜の歩みをまぎらしてくれた……さあ、みんな、お開きとしよう……これから二七、十四日、夜毎《よごと》の宴、余興も趣向を変えて、とり行うのだ。

シーシアスがヒポリタを導いて入る。二組の恋人たちも手をとりあって退場。つづいて一同退去。燈火が消え、舞台が暗くなり、煖炉の残り火だけが見える。パックが箒《ほうき》をもって登場。

パック　いよいよ真夜中、獅子も飢えて唸《うな》り、狼《おおかみ》は月に吠える。昼間の仕事に疲れた百姓どもは、ぐったり寝床で高いびき。煖炉の残り火、ちらちら燃えて、不吉な梟《ふくろう》の鋭い声に、瀕死《ひんし》の床の病人は経帷子《きょうかたびら》を思いだす。さあ、いよいよ夜の世界だぞ。墓はあんぐり口を開け、亡者《もうじゃ》の群れがうようよと、寺院の小道伝いにそっと出歩く。おいらは妖精、ぬかりはないぞ、月の女神の馬車を囲んで、お天道様《てんとう》の目を盗み、夢のように暗い世界を追って行く、さあ、おいらの世界だ、騒ぎまわるぞ。鼠一匹、出てはならぬ、今宵《こよい》、この家はおめでただ……おいらの役目は、この箒、まず先触れに、扉のうしろの塵《ちり》はらい。

突然、オーベロンとタイターニア、その他、妖精の群れが大広間に流れこむ。それぞれの頭には蠟燭《ろうそく》のついた冠をかぶっている。煖炉のそばを駆けすぎるとき、すばやくそれに火をともす。大広間は煌々《こうこう》と輝く。

オーベロン　この館《やかた》に光を。衰えかけた煖炉の火を蠟燭にうつせ。さあ、妖精たち、一人のこらず舞い踊れ、繁みを離れる小鳥のように身も軽く。歌は俺について来い、それに合わせて踊り狂うのだ。

タイターニア（オーベロンに）さきにあなたが歌って聴かせて、一こと一こと節つけて。あとはみんなで歌います、手に手をとって、節もみやびに、そしてこの館を浄《きよ》めましょう。

オーベロンの音頭《おんど》で、妖精たちが声を合わせて歌う。歌いながら、手をとりあい、広間を踊りめぐる。

歌

妖精どもよ　夜明けまで
この家《や》のうちを　駆けめぐれ
われら二人は　新床を
祝い浄《きよ》めん　とことわに
やがて生るる　子供にも
幸《さち》あれかしと　祈り添えん
三組のめおと　ともどもに

仲むつまじく　世を送れ
その子供らも　うるわしく
忌《い》むべき傷の　無きように
ほくろ　みつくち　青あざや
不吉な印を　背負いきて
生れながらに　世の人の
うとまれものと　ならぬよう
妖精どもよ　めいめいに
野末の露を　持ち行きて
館の部屋の　隅々《すみずみ》に
恵みの雨を　降り注げ
清き和らぎ　この家を包み
あるじのうえに　幸あれと
われらの恵み　祈り添えん
　跳《と》び行け
　遅るな

夜明けまでには　戻り来よ

妖精たち出てゆく。大広間は暗くなり、もとの静けさにもどる。

エピローグ

パック　夜の住人、私どもの、とんだり、はねたり、もしも皆様、お気に召さぬとあらば、こう思召《おぼしめ》せ、ちょいと夏の夜のうたたねに垣間《かいま》みた夢まぼろしにすぎないと。それならお腹も立ちますまい。この狂言、まことにもって、とりとめなしの、夢にもひとしき物語、けっしてお咎《とが》めくださいますな。さいわいお許しいただけますなら、吾ら一同、今後のはげみ。このパック、御覧のとおりの正直者、思いもうけぬ仕合せに、悪口屋の蛇《へび》の舌をばまぬかれましたこのうえは、ますます精だし、見事な舞台をお目にかけるよう、一同に代って、お約束いたします、パックは嘘《うそ》をつきませぬ。つきせぬお名ごりなれど、今宵は、皆様、これにてお寝《やす》みなさいまし。ごひいきのおしるしに、お手を拝借。いずれ、パックが舞台でお礼をいたします。（消える）

解題

一

『夏の夜の夢』は既に作者の生前に四折本として二度出ている。一つはトマス・フィッシャー刊行のもので、扉《とびら》に一六〇〇年の日附を有し、事実、同年十月に登録が行われている。もう一つはジェイムズ・ロバーツ刊となっており、同じく扉に一六〇〇年とあるが、これはどこにも登録されていない。前者を第一・四折本と呼び、後者を第二・四折本と呼ぶ。そのいずれを採るかは、シェイクスピア学者の間では、もはやほとんど問題がない。なぜなら、第二・四折本の方は偽造であって、実際はフィッシャー版より十九年遅く、作者死後の一六一九年に刊行されたものだからである。しかも発行者もジェイムズ・ロバーツではなく、一六二三年の第一・二折本の発行者アイザック・ジャガードであった。その間の経緯は『ヴェニスの商人』の解題に述べておいたから、ここには繰返さない。ジャガードの偽本はこの『夏の夜の夢』だけではなかったのである。

要するに、フィッシャー版の第一・四折本が定本として最も信頼しうる善本ということになる。しかも、それはおそらくシェイクスピア自身の書いた原稿に基づいて印刷されたものと推定されている。ジャガードの第二・四折本はフィッシャー版の写しに過ぎず、一六二三年の第一・二折本全集の方は、さらにその写しに過ぎない。もちろん、その二度の過程に誤植が入りこむ。が、最後の第一・二折本にも採るべき点が無いではない。ことにト書の部分に興味があるとウィルソンは言う。なぜなら、ジャガード版は劇場におけるプロンプター用台本として用いてきたものらしく、そのことは第一・四折本との差から推測しうると述べている。

『夏の夜の夢』の執筆年代を推定する手がかりは二つある。一つは内証である。たとえば第二幕第一場のタイターニアのせりふに次のごとくある。

おかげで、吹いてよこす笛の音もいたずらと知った風は、仕返しに海から毒気に満ちた霧を吸いあげ、陸に降らせたのでしょう、河という河はふくれあがり、大地を水びたしにしてしまいました。軛《くびき》を力一杯ひいた牛も、額に汗を流した百姓も、みんなむだ骨おり。緑の麦穂もまだ芒《のぎ》の出ぬうちに立ちぐされ、泥海さながらの田畑には、羊の檻《おり》が空《から》のまま横たわり、その家畜の屍《しかばね》を餌《えさ》に、烏《からす》ばかりが肥えふとる。モリス遊びのために造った溝《みぞ》も泥にうずまり、渦巻形に凝って造った迷路遊びの道も、踏む人もなく草はぼうぼうと伸び放題、今はそれとわからぬ有様。人間どもは冬着を恋しがり、豊穣《ほうじょう》を祈って踊り明かす夏の一夜もどこへやら……

ここに窺《うかが》える「季節の狂い」はこの作品が出版された当時、すなわち一六〇〇年に、事実イングランドに起ったことであり、その記録が残っているという。したがって、執筆も出版と同じ一六〇〇年ということになる。一七七三年から一七八五年に至るまで三度にわたって、それを主張したのがスティーヴンズという学者である。が、彼はのちに説を変え、『夏の夜の夢』は一五九八年以前に書かれたものとなし、「季節の狂い」という歴史的事実の方も前説より八年ばかり前に溯《さかのぼ》らせてしまった。クイラクーチは新シェイクスピア全集版の序にそれを揶揄《やゆ》し、さらにタイターニアの言及は一五九四年の陽気のことだと言っている。

なお内証としては、右と同じ場のオーベロンの次のせりふも一つの手がかりとなる。

あのキューピッドが、冷たい月とこの地球の間を飛びめぐり、弓に矢をつがえて、何かをねらっている。その的は西方に玉座を占めるヴェスタ星、つまりあの美しい処女王だった。恋の矢は勢いよく弓弦を離れ、千万の若い心を射ぬくかと見えたが、さすがのキューピッドの燃ゆる鏃《やじり》も、氷の月の清い光に打ち消され、処女王は無傷のまま立ち去ってしまったのだ、無垢《むく》の想いにつつまれ、恋の煩《わずら》いも知ることなく……

これは当時エリザベス処女王の上に加えられた外国の政治的干渉が失敗に帰したことがあり、その隠喩《いんゆ》であろうと言う。クイラクーチはそうかもしれぬし、そうではないかもしれぬと冷たく突放している。そして彼はそれらの内証よりも、この『夏の夜の夢』が誰かの結婚を祝うために書かれたものだという事実を、執筆年代推定の手がかりとして最も重視する。もちろん、それが結婚祝賀の宴に余興として演ぜられたという確証はない。しかし、この作品を読んで誰がそれを信じないであろうか、到《いた》るところにその「烙印《らくいん》」があるではないかとクイラクーチは言う。

第一に、この劇に出てくる間狂言《あいきょうげん》だが、それを職人達は明かに結婚式のために計画し、稽古《けいこ》し、演じている。第二に、シーシアスによって語られる、最初の、そして最後のせりふからも、この作品が結婚祝賀用台本であることはおのずと察せられる。第三に、第五幕のこしらえでも解るように、上演の場所も当の貴族の邸《やしき》の広間であったろうと思われる。第四に、妖精《ようせい》達の役割だが、この作品ではそれがつねに結婚と結びつけられており、ことに最後の妖精の歌にそのことがはっきり出ている。妖精が今日の少年少女に親しみ深い存在となったのは、この『夏の夜の夢』のおかげであって、中世ではむしろ不可解、不気味なものであった。エリザベス時代人にとっても、それは結婚を祝い守るものであったと同時に、下手《へた》をすればいたずらをし、不吉な禍《わざわい》をもたらすものであり、それゆえ、彼等は結婚に際して、妖精の善意を祈ったのである。なお、結婚式用台本として、この作品は最初妖精の歌舞で終っていたもので、のちに一般劇場用に転用する際、そこを省いて、シーシアスのせりふの後にエピローグのパックを新たに登場させたのだと考える人もある。

さて、それなら、この作品は誰の結婚式に捧《ささ》げられたものであろうか。めぼしい貴族は二人いる。一人はエセックス伯で一五九〇年に結婚している。もう一人はサザンプトン伯で一五九八年に結婚している。サザンプトン伯というのはシェイクスピアを寵愛《ちょうあい》した勢力家であり、シェイクスピアの方でも二篇の長詩『ヴィーナスとアドーニス』『ルークリース』を彼に献じている。そればかりでなく、『十四行詩集』の献辞に「以下の詩の唯一《ゆいいつ》の生みの親W・H氏に捧ぐ」とあるW・H氏をサザンプトン伯とする説が有力である。なぜならこのサザンプトン伯の姓名は Henry Wriothesley であるからだ。「生みの親」と言うのは単にパトロンの意だけではない。作者の自伝的要素の強いと見られるこの『十四行詩集』は、同性の少年にたいする思慕の情とその報いられぬ苦しみが歌われているのだが、サザンプトン伯W・H氏が当の少年で、あなたゆえにこの詩が生れたという隠喩と見なされているのである。

こうしてクイラクーチは一五九八年説を主張する。なるほど内証その他からエセックス伯結婚の一五九〇年は早すぎるにしても、同時に一五九八年では遅すぎると思われる内証もある。結局、学者間に定説なく、早くて一五九二年、遅くとも一五九八年ということになる。それらしい結婚式の有無は別として、作詩上の形式、内証などから、この作品を三回にわたって書かれたものとなし、第一稿は一五九二年、改作第二稿は一五九四年、最後にサザンプトン伯の結婚式を目あてに一五九八年に第三稿、すなわち現存の『夏の夜の夢』が完成したというウィルソン折衷案が最も妥当であろう。

次に、この作品の題名の翻訳《ほんやく》であるが、それを通用の「真夏の夜の夢」とせず「夏の夜の夢」としたのは次の理由に拠《よ》る。Midsummer-day は夏至《げし》で、クリスト教の聖ヨハネ祭日前後に当り、その前夜が Midsummer-night なのである。直訳すれば、「夏至前夜の夢」となるが、日本で「夏至」と言えば、今では「一年中で夜の一番短い日」という天文学的な意味しかもっていない。宗教、あるいはもっと素朴な民間信仰、いずれの面においても私達にはなんの聯想《れんそう》も湧《わ》かない。かつて西洋では、夏至の前夜、すなわち聖ヨハネ祭日の前夜には、若い男女が森に出かけ、花環《はなわ》を造って恋人に捧げたり、幸福な結婚を祈ったりする風習があった。また古くは、この夜、妖精たちが跳梁《ちょうりょう》し、薬草の効《き》きめが特に著しくなると言われていた。

そういう聯想を伴わない日本では、「夏至前夜の夢」と訳しても始まらない。といって、通用の「真夏の夜の夢」では、私達は土用の盛夏、暑中を想う。英国の夏は大したことはない。どんなに暑くても、日本の初夏の爽《さわや》かさである。「夏の夜の夢」でも、あまり適切とは言えないが、「真夏の夜の夢」よりはまだしもという程度で、そう訳しておいた。もっとも、この作品の出来事は五月一日の前夜にかけて起る。それをなぜ作者は「夏至前夜の夢」と題したか。たぶん右に述べたような民間信仰に基づいた夢幻劇だからであろう。また一説には、この作品を捧げた貴族の結婚式が六月二十四日頃だったのではないかとも言われている。

二

シェイクスピアの作品には大抵種本があるのだが、『夏の夜の夢』や『あらし』には、それがほとんど無い。筋は三つに分けられ、第一はシーシアスとヒポリタ、及び二組の男女の恋物語で、劇の形式から言えば写実的なものであり、第二は職人達の間狂言だが、これは道化た笑劇風のものであり、第三はオーベロンの統《す》べる妖精の世界で、超自然の夢幻劇になっている。第一、第二の現実的な世界は第三の超現実的な力によって支配され統一されており、後者がこの作品の雰囲気《ふんいき》の基調をなしている。

第一のシーシアスとヒポリタは『プルターク英雄伝』中の「シーシアスの一生」、及びチョーサーの『騎士物語』から、第二の職人達の芝居「ピラマスとシスビー」の話、及びタイターニアの名はオーヴィッドの『騎士』から、第三のロビン・グッドフェローやボトムの馬頭はレジナルド・スコットの『妖術暴露』から、またオーベロンの名はグリーンの『ジェイムズ四世』から来ていると言われる。またボトムの馬頭については、アプレイウスの『黄金の驢馬《ろば》』も影響を与えたらしい。しかし、その程度のことなら、何も種本と言うほどのことはない。肝腎《かんじん》な筋立てにはほとんど関係がないからである。『夏の夜の夢』は完全にシェイクスピアの独創によって生れたものと言ってさしつかえあるまい。

三

この作品の劇的構成は実に巧みである。右に述べた三つの筋が、それぞれ異なった肌あいの劇形式と異なった世界の登場人物をもちながら、いささかの隙《すき》もなく緊密に組合わされ、一枚の美しいタペストリーを織りなしている。しかも、そこには才気ばしった作意が微塵《みじん》も感ぜられない。すべてが自然に流露しており、継ぎ目が透けて見えたり、隙間風が吹いたりしていない。妖精の振りまく「野の露」が、あたかも潤滑油のような働きをしていて、三つの異質の世界が見事に溶けあっている。しかもシェイクスピア作品中、この『夏の夜の夢』は、「夏至の夜」のように最も短いが、読後の印象は「夢」のように豊穣である。

シェイクスピアの喜劇を分類すれば、『間違いつづき』『じゃじゃ馬ならし』のような写実的世話喜劇は、主《おも》に初期喜劇時代の作品に限られ、中期以後、いわゆる悲劇時代に入ってからは、『お気に召すまま』『十二夜』等から最後の作品『あらし』に至るまで、ほとんどすべてが夢幻劇的要素の濃いものばかりである。普通、それらの系統の作品を浪漫喜劇と称しているが、これはシェイクスピアの独擅場《どくせんじょう》と言ってよく、彼の前にも後にもそれを能《よ》く書きえた詩人はいない。『夏の夜の夢』はその浪漫喜劇の第一作である。初期喜劇時代の作品としては変種と言えよう。

それ以前に書かれた喜劇は『間違いつづき』『じゃじゃ馬ならし』『ヴェローナの二紳士』『恋の骨折損』であり、後二者には後に浪漫喜劇に発展する要素が幾分認められはするものの、一口に言えば、写実的風習喜劇である。そこに『夏の夜の夢』が来る。その後に続くのが『ヴェニスの商人』であり、既に同巻の解題に書いておいたとおり、そこには『夏の夜の夢』の名残《なご》りがある。次に、『ヘンリー四世』と『空騒《からさわ》ぎ』が来て、それ以後は『お気に召すまま』に始まる浪漫喜劇が続く。浪漫喜劇の最高峰を『あらし』とすれば、写実的な性格喜劇のそれは『ヘンリー四世』である。『空騒ぎ』は同じく写実的ではあるが、性格喜劇と言うよりむしろ風習喜劇の代表作であろう。『夏の夜の夢』をこの執筆年次に随《したが》って眺《なが》めるとき、クイラクーチの言葉は興味深く思われる。彼はある貴族から結婚式用の台本を依頼され、誇りと野心に満ちた若き作者の心中に文学的想像を逞《たくま》しゅうしている。それについては批評集を参照されたい。
『夏の夜の夢』は上演しておそらく失敗の少ない作品であろう。森の中をさまよう恋人達、間狂言《あいきようげん》の職人達、それだけでも結構楽しめる。だが、演出の真の成否は、この劇の作因にもなり、行き違いの調整者として劇を「ハッピー・エンド」に導くオーベロン、タイターニア、パック、その他の妖精達にかかっている。その超自然の力と雰囲気とが出せなければ、何もならない。彼等の存在は超自然でありながら、超自然であることによって自然を表出するというシェイクスピア的機能を背負わされているからだ。この『夏の夜の夢』の調和的な「自然感情」は『オセロー』の解題において触れた「宇宙感情」とはそのまま一致はしないが、それに道を通じるものである。

福田恆存

あらし

場所　無人島

人物

アロンゾー　ナポリ王
セバスティァン　その弟
プロスペロー　ミラノ公
アントーニオー　その弟、簒奪者《さんだつしゃ》
ファーディナンド　ナポリ王の息子《むすこ》
ゴンザーロー　ナポリ王国の忠実なる老顧問官
エイドリアン
フランシスコー　同貴族
キャリバン　プロスペローに救われ、その奴隷《どれい》となっている怪物
トリンキュロー　ナポリ王の道化

ステファノー　酔漢の賄方《まかないかた》
船長
水夫長
水夫たち
ミランダ　プロスペローの娘
エーリアル　空気中に棲《す》む妖精《ようせい》
アイリス
セーレーズ
ジューノー
水の精たち
草刈男の精たち
（アイリス〜草刈男の精たち）妖精

〔第一幕第一場〕

1

雷鳴、稲妻《いなずま》を伴い、あらしの吹きすさぶ音。
船の中部甲板《かんぱん》が見え、その上に波が襲い掛る。
船長と水夫長が登場。

船長 （船尾の甲板から）水夫長！
水夫長 （中部甲板にて）ここだ、船長、大丈夫か？
船長 勿論《もちろん》だ、水夫たちに言ってくれ、一刻の猶予《ゆうよ》もならん——しっかりしろ——下手《へた》まごすると乗上げるぞ。頑張《がんば》れ、頑張れ。（船尾の舵《かじ》の方へ戻る）

船長の吹く警笛の音が聞える。水夫たち登場。

水夫長 おい、みんな！ 勇気を出せ、勇気を……しっかりするんだ、しっかり……上の帆を降ろせ……船長の笛が聞えないのか……（強風に向って）吹きまくれ、その息の根が止るまで――それだけこの海が広ければな！

アロンゾー、セバスティァン、アントーニオー、ファーディナンド、ゴンザーローらが甲板に出て来る。

アロンゾー　水夫長、くれぐれも気を附けてくれ……船長は何処《どこ》にいる？　水夫をみんな呼び集めろ。

水夫長　お願いです、下に降りていて下さい。

アントーニオー　船長はどこにいる、水夫長？

水夫長　船長から申上げたでしょう？　仕事の邪魔になります。船室にいらして下さい、あなた方ときた日には、まるであらしに手を貸しているようなものだ。

ゴンザーロー　まあ、そう言わずに、気を鎮《しず》めて。

水夫長　海の方でその気になってくれさえしたらね……さ、退《の》いて！　この荒れ振りの凄《すさ》まじさだ、王様の前だからといって気兼ねするとでも思っているんですか？　さ、船室へ……口を出さないで下さい……足手纏《あしでまと》いは真平《まっぴら》だ！

ゴンザーロー　そう言うな、誰方《どなた》をお乗せしているか、忘れてなるまいぞ。

水夫長　己《おの》れよりかわゆい者がいる訳が無い……あなた様は顧問官だ——一つ、命令一下この浪風《なみかぜ》を鎮《しず》め、忽《たちま》ち凪《なぎ》にして貰《もら》いましょうか、そうすれば、私らはもう一生帆綱に手は出しますまい。さ、御威光を見せて頂きましょう……それが出来ないなら、よくぞきょうまで生き延びて来られたものと神様にお礼を申述べて、一先《ひとま》ず船室に引《ひ》き退《さが》って、今わの覚悟をして置いて貰うんですな、万一、そういう……勇気を出せ、みんな……退いていて下さい、本当に。（舳《へさき》の方へ駆け抜ける）

ゴンザーロー　（船が前後に揺れるのに伴い、途切れ勝ちに）奴《やつ》を見ていると気が安まる……どう見ても溺死《できし》の相は無い、人相から言うと正《まさ》に縛り首という処《ところ》だ……どうぞ気丈に頑張って下さいまし、運命の神様、奴が縛り首になるまでは、今はその宿命の綱を吾《われ》らの錨綱《いかりづな》に使わせて下さいまし、この船のはどうも心細うございますので……奴めがもし縛り首になるよう生れ附いていないとなると、吾々の立場は頗《すこぶ》る情け無い事になるぞ。

水夫長が艫《とも》に現われる、船客たちはその前を船室へ退場。

水夫長　上の帆柱を降ろせ……みんな、しっかりしろ、下げろ、下げるんだ！　大帆だけで突走らせろ……（叫び声が下から聞える）糞《くそ》、何という声だ……あらしも俺《おれ》の声も顔負けだ……

セバスティアン、アントーニオー、ゴンザーローが戻って来る。

水夫長 またか？ ここで何をしようというんだ？ 何も彼《か》も投げ出して土左衛門《どざえもん》にでもなってお目に掛けましょうか？ 沈没の味を知って置きたいと言うのかね？

セバスティアン その舌の根、爛《ただ》れてしまうがいい、口汚《くちぎた》なく喚《わめ》き散らすしか能が無いのか、この人でなし、犬畜生！

水夫長 まず御自分の手でやってみる事だ、そうまでおっしゃるなら。（相手にせず、そっぽを向く）

アントーニオー 縛り首にしてやるぞ、畜生、縛り首だ、何処の馬の骨か知らないが、無礼極《きわ》まる、罵詈《ばり》雑言《ぞうごん》にも程があるぞ！ 溺死が何だ、怖《こわ》がっているのは貴様の方だ。

ゴンザーロー 手前が請合います、彼奴《あいつ》、溺死はしませぬな、たとえこの船が胡桃《くるみ》の殻の如《ごと》く脆《もろ》く、小用の近い娘っ子のように始終水洩《みずも》れがしようとも、それだけは大丈夫。

水夫長 （大声で）風に乗れ、風に！ 前帆と大帆を張るんだ。沖へ出ろ、沖へ！ （自棄《やけ》になって）沖へ向え！

船は暗礁《あんしょう》に乗上げる。索具は勿論、舳から艫に至るまで火の玉が点々と飛び散る。ずぶ濡《ぬ》れの水夫たちが出て来る。

水夫たち　もう駄目だ！　神に縋《すが》るしか無い、神に！　もう駄目だ！

水夫長　（ゆっくり酒瓶《さかびん》を取出し）ふん、とうとう俺たちの脣《くちびる》も冷たくなってしまうのかね？

ゴンザーロー　王様も王子様もお祈りの最中。そのお手伝いでも致しましょう、吾らも同じ憂目《うきめ》に遭《お》うているのだ。

セバスティアン　もう我慢出来ぬ。

アントーニオー　つまり、皆一杯食わされたのだ、自分の命をこんな酔払いに――この大口叩《たた》きのやくざ野郎――出来る事なら、貴様を波打際《なみうちぎわ》の棒杭《ぼうぐい》に縛り附けて、その上を潮が十たびも満ち干《ひ》するのを見物してやりたいものだ！

ゴンザーロー　いや、この男は必ず縛り首になりましょう、波頭《なみがしら》がしぶきを揚げて、その奴《やつ》を寄こせと喚き散らし、いざ一呑《の》みにと腭《あぎと》を開いて襲い掛ろうと、どうにもなりはし

〔I-1〕1

ますまい。

下方から阿鼻叫喚の声　お慈悲を！――船が真二つになる、真二つに！――もうお別れだ、女房も子供も達者でいてくれ！――お別れだ、弟、お前も！――真二つだ、真二つになる、真二つに！

アントーニオー　皆、王と共々沈むのだ。

セバスティアン　お暇乞《いとまご》いをして来よう。（アントーニオーと一緒に去る）

ゴンザーロー　こうなれば何万町歩の海も只《ただ》でくれてやるわ――その代り一反でも土地が欲しい、荒地で結構……見渡す限り荒れ果てて、赤茶けた樅《もみ》の木が点々と、いや、どんな所であろうと文句は言わぬ……天なる神の御心《みこころ》のままに、しかし、同じ死ぬにしても、陸《おか》で死なせて貰《もら》いたいものだが！

一群の人々が甲板に出て来て、漂う火の玉の間を潜《くぐ》り、舷側《げんそく》に駆け寄る。突然、火が消える。口々に大声を挙《あ》げるのが聞える。

〔第一幕　第二場〕

2

島の一部

二段になっている崖《がけ》の下段は緑の芝生《しばふ》、そこから小道伝いに科木《しなのき》の間を通って上段の崖に出ると、その奥に大きな洞窟《どうくつ》があり、入口に帳《とばり》が垂れている。ミランダが海を眺《なが》めている、そこへ魔法の衣を羽織り、杖《つえ》を持ったプロスペローが洞窟から出て来る。

ミランダ　（振向いて）もしその魔法のお力で――お父様――海があのように猛《たけ》り狂うのでしたら――どうぞもう鎮《しず》まらせて。空まで、あの厭《いや》な匂《にお》いのする黒い松脂《まつやに》を流して寄こしそう、波頭《なみがしら》が天の頬《ほお》をかすめ、その火を消してくれでもしなければ……ああ！　私まで苦しくなって来ました、あの人たちが悶《もだ》え苦しむのを見ているうちに。見事な船でした、（小声で呟《つぶや》くように）（きっと誰方《どなた》か立派なお方をお乗せしていたに違い無い！）それが粉々に砕けてしまった。（すすり泣きを伴い）ああ、あの叫び声がこの私の胸を激しく打ったのです……かわいそうに、皆、死んでしまった……もし私が何かの強い神様だったなら、海の方を地面の中に沈めてしまったろうに、でも、もうあの美しい船も、乗っていた人たちもみんな水底に吸込まれてしまったのだ。

プロスペロー　落着くがよい、何も恐れる事は無い、その優しい心に言い聴かせてやるがよい、何も起りはしなかったのだとな。

ミランダ　ああ、こんな恐ろしい事が！

プロスペロー　何の事があるものか、私が何をするものか、何も彼《か》もお前のためを思えばこそ、（お前のな、そう、愛する者のために、お前のためなのだ、娘）己《おの》れが何者か自分でも解《わか》ってはいまいが……私の身分すら皆目気附いてはいまい……何も解っておらぬ、私は唯《ただ》のプロスペロー、この粗末な岩屋の主《あるじ》、取立てて言う程も無い並みの父親と思っていよう。

ミランダ　（二たび海の方に目を遣《や》り）それ以上に知りたいなどと、つゆ思っても見ませんでした。

プロスペロー　が、その時が来たのだ、話して置かねばならぬ事がある、手を貸してくれ、魔法の衣を脱がせて貰いたい……さあ、（外衣を投げ捨て、それに向って）暫《しばら》くそこに休んでいるがよい。目を拭《ふ》かぬか、機嫌《きげん》を直せ、まことに地獄絵そのままだったな、あの難破の有様を見て、お前の心はいたく憐《あわれ》みを催したらしい……実はあらかじめ法術を用い、万事事無きよう手配しておいたのだ、掠《かす》り疵《きず》一つ負うた者もありはせぬ、何の、頭《かみ》の毛《け》一筋無《の》うなるものか、全員無事なのだ、あの船は、なるほど阿鼻叫喚と共にお前の目の前で沈んで行きはしたがな。まあ、坐れ、知っておいて貰いたい事がまだある。

ミランダ　お父様はいつもそうして私の生立《おいた》ちを話して聞かせようとなさる、それでいて、必ず途中で止《や》めておしまいになる、私はその度に中途半端《はんぱ》な気持にさせられたまま、最後は決って「待て、今は拙《まず》い」とおっしゃるのだもの。

プロスペロー　その時が漸《ようや》く来たのだ、時の命に随《したが》い、今こそ耳を開くがよい、言われた通りにするのだ、よく聴け……（傍《かたわ》らの岩に腰を降ろす、ミランダも並んで腰掛ける）憶《おも》い出せるかな、二人がこの岩屋に来る前の頃を？　無理であろう、お前はまだ三歳に達してはいなかったからな。

ミランダ　いいえ、お父様、よく憶《おぼ》えております。

プロスペロー　何をな？　ここと違う家をか、それとも誰か人を？　何でも良い、話して聞かせてくれ、心に残っているものの姿形を。

ミランダ　遠い昔の事……というより、まるで夢のように幽《かす》かな、はっきり憶えているとは言えない程の話……でも、その頃の私は確か四人――それとも五人だったかしら――いつも女の人に侍《かしず》かれていたような？

プロスペロー　そうだ、女どもに、それももっと大勢にな、ミランダ、しかし、不思議だな、その事がお前の記憶に留まっているというのは？　何かそのほか、時を隔てた暗い淵《ふち》の底から目に浮んで来るものは無いのか？　ここへ来る前の事を憶えているなら、どうしてここへ来たかも憶えていよう。
ミランダ　でも、それは憶い出せません。
プロスペロー　もう十二年になる――ミランダ――十二年前には、お前の父親はミラノの大公、それも世に勢威を奮った君主だった……
ミランダ　では、お父様は私の本当のお父様ではないと？
プロスペロー　お前の母親は貞節な女性であった、それがお前は私の子だと言う、その お前の父親はミラノの大公、それに唯一人の世継がおって――姫君様だ、親に劣らぬ正しい素性のな。
ミランダ　ああ、思ってもみませんでした、私たちはどんな悪企《わるだく》みに掛ったのでしょう、そこから追われるような？　それとも、その方が仕合せだったのかしら？
プロスペロー　どちらとも言える、どちらともな……悪企みに掛って――そう、お前の言う通り――私たちはそこを追われた、が、仕合せと言えば、神のお導きでここへ来られたのだ。

ミランダ　ああ、胸が潰《つぶ》れる思いがします、私のためにきょうまでお父様がどれほど苦労なさって来た事か、それを何も憶えていないなどと。お願いです、その先を……

プロスペロー　私の弟、お前には叔父《おじ》の、名はアントーニオーという男だが……よいか、よく聴け、仮りにも兄弟の間柄でかほどの裏切りが働けるものか……それも、お前に次いでこの世の誰よりもかわゆがっていた弟、それに一国の政事《まつりごと》まで委《ゆだ》ねて置いた位だが、当時、数ある公国のうち、私の国に優《まさ》るもの無く、プロスペローは大公の筆頭、その勢威は世に周《あまね》く行渡っておった——学問技芸の嗜《たしな》み、因《もと》より他に並ぶ者無し、こうして私は学びの道にかまけ、国事は一切弟の手に任せ切り、政事には日毎《ひごと》に疎《うと》くなるばかり、吾《われ》を忘れて秘術の究明に夢中になっていたものだ。そこを邪《よこしま》にもお前の叔父は——私の話を聴いているのか？

ミランダ　（海から目を離し）ええ、一所懸命。

プロスペロー　奴は忽《たちま》ち請願の許否など抜かり無く手心を覚えてしまい、誰を昇進せしめ、誰の頭を抑《おさ》うべきかは勿論《もちろん》、私の任じ置いた者を新たに任じ、というのは、或《あるい》はその職を遷《うつ》し、或は新しく迎え、人事、職管の鍵《かぎ》を一手に掌握、かくして国中、彼が耳に快き音を吹入るる輩《やから》のみはびこり、己れはあたかも蔦《つた》の如《ごと》く、この私という大木の幹を蔽《おお》い隠し、その樹液を吸って生い茂る有様、聴いておらぬな！

ミランダ　（心疚《やま》しく）まあ、お父様、聴いております。

プロスペロー　よいか、よく聴け……私はこうして世事を余所《よそ》にし、すっかり引籠《ひきこも》ってしまい、ひたすら道に励んでおった、それも、ああまで閉じ籠り切りになりさえしなければ、さほどの徳は世にあるまい……が、それが邪な弟の胸に悪心を目醒《めざ》ましめ、あたかも良い親に悪い子が出来るようなもの、私の信頼が却《かえ》って仇《あだ》になり、あれの内に邪心を芽生《めば》えさせる事になったのだ、いや、私の信頼が大であれば大であるほど、それだけ相手の邪心は大きくなる、事実、私はそれ程までに無際限に信じ切っておったのだ、全く底抜けにな……あれはこうして領主に成り済まし、私の懐《ふとこ》ろに入るべきものは言うに及ばず、その他、私の権力を嵩《かさ》に勝手な振舞……良くあるやつだが、嘘《うそ》を真《まこと》と言い触らし、己れの記憶に磨《みが》きを掛けているうち、やがては嘘も真になる、その手で奴は己れが真実ミラノの大公と思込むようになってしもうたのだ、私の代理を務め、表向き領主の大権を預かっていたのだからな、そこから更に野心が頭を擡《もた》げ始め……聴いているのか？

ミランダ　今のお話を聴けば、どんな聾《つんぼ》でも耳を開きましょう。

プロスペロー　己れが演ずる役柄とそれを演ずる当の役者と、この両者を隔てる壁を取除くため、奴は是が非でも真のミラノ大公に成ろうとした――私の方は（哀れな話だ）

書斎があれば、それで領地は十分、君主の役目など務まらぬ人間と思ったのだ……そこで奴は（権力欲しさの一心から）ナポリ王と手を結び、年々貢物《みつぎもの》まで納めて臣下の礼を取り、その王冠を己れの冠の上に頂く始末、未《いま》だ嘗《かつ》て他に膝《ひざ》を屈《かが》めた事の無い吾《わ》が公国に（おお、哀れなミラノ！）屈辱の土下座を強《し》いたのだ。

ミランダ　ああ、そのような事が……

プロスペロー　奴の持出した条件を聴くがよい、そしてその結果どうなったかを、お前の意見を訊《き》きたいのだ、それでも弟と言えるかどうか。

ミランダ　お祖母《ばあ》様の徳を疑えば罪になる、良い母の胎内に悪い子が出来た例《ため》しは幾らもありましょう。

プロスペロー　さて、その条件だが……ナポリ王というのは元々私とは仇敵《きゅうてき》の間柄、弟の願いを即座に聴《き》き容《い》れ、というのは、奴に臣下の礼を取らせる代りに、その上、高は知らぬが貢物もある、とにかく王の方では直ちに私を一家眷族《けんぞく》もろとも公国から追出し、美しきミラノはその数多《あまた》の栄誉と共に弟の手に引渡そうというのだ。そこで、ひそかに反乱軍を掻《か》き集め、一夜、かねてより定め置きし時刻を見計らい、アントーニオーはミラノの城門を開け放った、辺《あた》りは真の闇夜《やみよ》だ、そこに奴の手先どもが待構えていて私を外へ追出したのだ――泣叫ぶお前と一緒にな。

ミランダ　（二たび涙が頰を伝う）ああ、腑甲斐《ふがい》無い、その時どれほど泣いたか憶えていない、せめてここでもう一度泣かせて貰《もら》いましょう、お話を伺っただけで、思わず涙を誘われます。

プロスペロー　もう少し先を聴け、そうすれば、お前にも今吾々の上に起ろうとしている事が解って貰えよう、そこまで行かぬと、この物語、如何《いか》にも話の辻褄《つじつま》が合わぬのだ。

ミランダ　なぜその人たち、私たちを殺さなかったのでしょう？

プロスペロー　良く気が附いた、今の話から当然その不審が起るはず……そこまでは、奴らもさすがに手が出せなかったのだ、それ程、人民どもは私を慕っておった、それに、自分らの企みをそうまで血で汚したくなかったのでもあろう、それどころか、穢《きた》ない目的にもっと綺麗《きれい》な色を塗りたくり……（躊《ため》らいを見せ、後《あと》は口早に）手短かに話そう、奴らは早速吾ら二人を船に乗せ、沖に向って漕《こ》ぎ出したが、数浬彼方《かいりかなた》に朽ちかけた小舟が一艘《そう》用意してあって、それには船具一つ無い、綱も無ければ、帆も帆柱も無く、鼠《ねずみ》どもがとうに愛想を尽かして逃出してしまった代物《しろもの》、私らはそれに移された、海に向って叫べ、海はそれに応《こた》えて猛り狂おう、風に向って吐息をつけ、風は憐みの息を吹返し、その思遣りも却って仇になろうと言わんばかり。

ミランダ　ああ、お父様にはどんなに足手纏《あしでまと》いになったでしょう、その時の私は！

プロスペロー　おお、何の、お前は私の守護天使、私に生きる力を与えてくれたのだからな、私に向って頬笑みかけるお前の笑顔《えがお》、それは天の降《くだ》し給うた勇気に満《み》ち溢《あふ》れておった――私は迸《ほとばし》る鹹《から》い涙で海の水量《みずかさ》を増し、背負うた重荷に喘《あえ》ぎ呻《うめ》くばかりであったが――そのお前の笑顔を見て、漸《よう》や く腹が据わり、どんな苦しい目に遭《あ》おうと引き堪《こら》えて見せようという気になったのだ。

ミランダ　それからどうしてこの岸辺《きしべ》に？

プロスペロー　聖なる神のお導きと言うほかは無い……多少の食糧はあった、それに飲み水も少しはな、というのは、ナポリ人でゴンザーローという思遣りの深い男がいて、吾らの身上をいたく憐み、偶々《たまたま》この企みの目附役を仰せ附かっていた処《ところ》から、衣類、下着、身の廻りの品々などをたっぷり恵んでくれ、お蔭《かげ》できょうまで用が足りて来た。そればかりか、情け深くも私の書物好きを知って、私が蔵書の中でも特に自分の国より大事にしていた本を持込んでくれたのだ。

ミランダ　ああ、いつかその人に会いたい。

プロスペロー　が、愈々《いよいよ》私の立上る時が来たのだ、お前はそのまま坐っているがよい、海上で味わった数々の苦難、その最後を聴かせよう……（魔法の衣を取上げる）この島に私らは辿《たど》り着いた、そして私はお前の師となりお前を教育した、世の常の君主たちの施し得ぬほど多くのものを与えた積りだ、あの連中と来た日には、ただ遊びに時を費やす事しか知らぬ――それに、傭《やと》われ教師どもに私程の深い心配りがあろうはずも無い。

ミランダ　どれほど有難く思っております事か……（父親に口附けする）さあ、今度は私のお願い、教えて下さいまし――まだこんなに胸が動悸《どうき》を打っている位ですもの――どうしてあのあらしをお起しになったのか、その訳を？

プロスペロー　では、これだけは言って置こう。全く奇妙な巡り合せと言うほかは無い、慈悲深い運命の女神《めがみ》が――今はまるで私の想《おも》い者同様――嘗《かつ》ての敵《かたき》どもをこの島近くに送り届けてくれたのだ、今、私の目には己《おの》が未来が在るがままに映じている、この身の運勢は恵み深き一つの星に懸っており、今もしその庇護《ひご》を求めず、これを蔑《ないがし》ろに見過すなら、吾が運命が今後落ち目に向うは必定、さあ、この先はもう問うな。眠そうではないか……（ミランダの顔を撫《な》でるように手を動かす、ミランダは目を閉じ、直ぐ眠りに落ちる）そう、それで良い、その眠りに逆らうな……お前の力でどうなるものでもない……（芝草の上に魔法の円を描く）さあ、来い、小僧、早く、用意は出来たぞ、直ぐ姿を現わせ、エーリアル……（杖《つえ》を振上げる）早く！

エーリアルが上空に現われる。

エーリアル　御機嫌《ごきげん》よう、お師匠様、御用は何なりとお心のままに、空は因《もと》より、火の中、水の中、どこであろうと自由自在……群がる巻雲に乗って走りも致しましょう……(大地に降り、頭を下げ)鶴《つる》の一声、お指図《さしず》のあり次第、この妖精《ようせい》のエーリアル、力の限りお役に立たせて頂きます。

プロスペロー　処で、あらしはどうした、私の指図通り間違い無く運んだろうな?

エーリアル　委細、お言葉通りに……こちらは見事王様の船に乗込みました、舳《へさき》、中甲板、艫《とも》は言うに及ばず、果ては一つ一つの船室に至るまで、次から次へと火の玉に化け、奴らを慄《ふる》え上らせてやりました。時には幾つにも分れて、一度にあちこちで燃え上ってやりましたっけ、帆柱の天辺《てっぺん》、帆桁《ほげた》、舳の遣出《やりだし》と何箇所にも分れ飛び散り、かと思うと忽《たちま》ち一緒になって火を吹くという有様……あの凄《すさ》まじき雷《いかずち》の前触役、ジョーヴの神の稲《いな》妻《ずま》も到底敵《かな》いっこ無し、全く目にも留らぬ早業《はやわざ》でした、轟々《ごうごう》と唸《うな》りを挙《あ》げて燃え上る火《か》焔《えん》が大海神《おおわだつみ》を取囲み、さすがの荒波も慄《ふるえ》え戦《おのの》くばかり、本当です、海神《かいじん》の振りかざすあの恐ろしげな鉾《ほこ》さえ弱々しく揺れ動くかと見えました。

プロスペロー　天晴《あっぱ》れな働きだ、その騒ぎでは如何《いか》に沈着な剛の者でも、能《よ》う取乱さずにはおれなかったろうな?

エーリアル　はい、一人も、てんでに気違いじみた発作を起し、死にもの狂いの大醜態、船乗りのほかは一人残らず泡立つ波間に跳《と》び込み、船を離れてしまいました、その時、火の玉の私に取附かれた王様の息子のファーディナンドは頭の毛《かみ》を逆立て——いや、あれは頭の毛と言うより、突立った葦《あし》の茎ですよ——あの男です、真先に跳び込んだのは、何と大げさな、「地獄は空っぽだ、悪魔が総出で攻寄せて来たぞ」などと喚《わめ》きましてね。

プロスペロー　おお、それでこそ、私の妖精、エーリアルだ、が、勿論《もちろん》、岸の近くでやったろうな？

エーリアル　はい、直ぐ近くです。

プロスペロー　（気遣《きづか》わしそうに）が、皆どうしている、エーリアル、無事であろうな？

エーリアル　頭の毛《かみけ》一筋失くした者もおりません、前より綺麗《きれい》になった位です、海面に体を支《ささ》えていてくれた上衣《うわぎ》にも染《し》み一つ無いどころか、前より綺麗になった位です、で、お指図通り、全員を二、三人宛《ずつ》、組に分けて島のあちこちに散らばらせて置きました、勿論、王様の息子さんは別に一人だけ上陸させ、急いでこちらへ参りましたが、その時、奴《やっこ》さん、溜息《ためいき》で一所懸命辺《あた》りの空気を冷しておりましたっけ、場所は島蔭の人目に附かぬ一角で、そこにぐったり腰を降ろし、腕をこんな風に組んで、すっかり悄気《しょげ》返っておりました。（その真似《まね》をする）

プロスペロー　王の船は、船乗りたちの事だが、で、お前はそれをどう始末して来たのだ、それから他《ほか》の船はどうした？
エーリアル　王様の船は無事港に納めて参りました、それ、いつか真夜中に私をお起しになり、あらしの絶え間無い魔の島バーミューダまで露を採りに行って来いとお命じになったあの奥深い入江、そこに隠して置きました、船乗りたちは皆船底に押籠《おしこ》めてありますが、いずれも疲れ切っている処へ呪《まじな》いを懸けられ、ぐっすり眠りこけております、他の船は一時四方八方に散らばらせてやりましたが、その後、二たび一緒になって、今頃は地中海の波の上、ナポリに向って悲しみの航路を辿《たど》っておりましょう、勿論、王様の船が難破し、その御最期を見届けたものと思込んでいるのです。
プロスペロー　エーリアル、お前は役目を滞り無く果した、だが、なお頼みたい事がある、もう何時になるな？
エーリアル　もう午《ひる》は過ぎました。
プロスペロー　（太陽に目を遣り）少なくとも二時は過ぎていような……今から六時までだ、私もお前もこの数時間を少しの無駄も無く使わねばならぬ。
エーリアル　（逆らって）まだ仕事があるのですか？　これ以上働かせるお積りなら、例の約束を憶《おも》い出して頂きたいものです、ずっとそれ切りになっていますからね。

プロスペロー　どうしたというのだ？　面白くないのか？　一体、何が欲しいのだ？
エーリアル　自由の身にして頂きたいので。
プロスペロー　期限も来ぬうちにか？　言うな……（杖を振上げる）
エーリアル　お願いです、きょうまでお勤め大事と随分御奉公申上げて参りました、嘘《うそ》は因《もと》より間違いを仕出来《しでか》した事も無く、不平不満も言わずに勤めて参りました、確か年期を一年減らして下さるとの御約束。
プロスペロー　もう忘れてしまったのか、あの塗炭の苦しみから解き放ってやった事を？
エーリアル　とんでもない。
プロスペロー　いや、そうだ、どうやら億劫《おっくう》になったらしい、塩辛い海に沈み水底の泥の上を這《は》い廻ったり、身を切るような北風を乗り廻したり、霜で凍《い》てついた大地の中に潜《もぐ》り込み、私のために働くのが厭《いや》だという？
エーリアル　決してそんな事は。
プロスペロー　嘘をつけ、この性悪《しょうわる》めが。もう忘れたのか、魔女のシコラクスを、齢《よわい》を重ね、邪心に凝り固まり、箍《たが》のように腰の曲ったあの鬼婆《おにばばあ》を？　もう忘れてしまったのか？

エーリアル　いいえ、決して。

プロスペロー　いや、忘れたらしい。あの女はどこで生れた？　言え、今直ぐ……

エーリアル　はい、アルジェリアで。

プロスペロー　おお、正《まさ》にその通り、月に一度は昔の事を憶い出させてやらぬと、何も彼《か》も忘れてしまうようだな……あの鬼婆のシコラクスめ、積る悪事と、重ね重ねの、聞けば身の毛も弥立《よだ》つ恐ろしい邪法の咎《とが》で、知っての通りアルジェリアを逐《お》われた、が、唯《ただ》一度の善行を認められ、死罪だけは免れたという……そうであったな？

エーリアル　ええ、確かに。

プロスペロー　その青目の化物はこの島に連れて来られたが、偶々身籠《たまたまみごも》っていて、そのまま水夫どもに置き去りにされた、ところでお前だが、自分で言っていた通り、婆々《ばばあ》に召使われていたものの、如何にも華奢《きやしゃ》な妖精で、下司《げす》な穢《けが》わしい仕事が出来ず、主《あるじ》の命ずる大事な用を事毎《ことごと》に拒む、そこで婆々は更に手強《てごわ》い子分どもの力を借り、己が怒りに任せて、松の木を裂きその中にお前を閉じ籠めてしまった――お前はその裂目に挿《はさ》まれ、悶《もだ》え苦しむ事、十二年、その間に婆々は死に、お前は相変らず身動き出来ず、苦しみの余り発する呻《うめ》き声が恰《あたか》も水車の如《ごと》く絶え間無く大気を震わせる、その頃、この島には（鬼婆が生み落した息子、それ、例の斑《まだら》の化物のほか）人の子らしきものはついぞ拝めなかったものだ。
エーリアル　いえ、あの女の息子のキャリバンが。
プロスペロー　血の巡りの悪い、私が言いたいのはその事だ、それ、つまり、私が今召使っているキャリバンの事だ。誰よりもお前が一番良く知っていよう、私の目に留るまでの苦しみは。その呻き声には狼《おおかみ》も恐れ吠《ほ》え、荒熊の胸も凍りつくかと思われた、地獄の亡者《もうじゃ》にしか加えられぬその責め苦、さすがのシコラクスもこれを解く術《すべ》を知らなかったのだ、私の魔法を以《もっ》てして始めて、さよう、この島に辿り着き、お前の声を耳にして、あの松の幹を裂き、救い出す事が出来たという訳だ。
エーリアル　お蔭で助かりました。
プロスペロー　なお不平があるなら、直ぐにも槲《かしわ》の木を引裂き、節くれ立った幹の中にその身を押籠め、十二たびの冬が過ぎるまで唸《うな》り声を挙げさせてやるぞ。
エーリアル　どうぞ、お許しを。お指図通りに何でも、はい、おとなしく妖精の務めを果します。
プロスペロー　そうすれば、二日後には自由の身にしてやる。
エーリアル　さすがだ、それでこそ私のお師匠様。何を致しましょう？　一体、どんな？　何を致しましょう？

プロスペロー　直ちに姿を変え、海の精ニンフになって来い、ただし、私とお前とだけにしか見えぬようにな、その他の誰の目にも見えてはならぬ、さ、早く姿を変えるのだ、そして直ぐここへ戻って来い……行け……身を粉《こ》にして働くのだ。（エーリアル、消える。プロスペロー、ミランダの上に屈《かが》み込む）醒《さ》めろ、娘、目を醒せ、もうたっぷり眠った、目を醒すのだ。

ミランダ　余り珍しいお話なので、つい眠気を誘われました。

プロスペロー　眠気を醒せ……さあ、一つキャリバンをおどろかせてやろう、奴、これまで気持良く言う事を聞いたためしが無い。（二人、岩の穴に近附く）

ミランダ　あんな悪い奴、見るのも厭です。

プロスペロー　だが、今の処、あれが居らぬと困る、薪《まき》を拾い、火を起し、何かと小まめに用を足してくれる……（呼びかける）おい！　小僧！　キャリバン！　土塊《つちくれ》め！　返事をしろ。

キャリバン　（穴の中で）薪なら奥にしこたまある。

プロスペロー　出て来い、他に用があるのだ、おい、泥亀《どろがめ》め、何をしている？

エーリアル、二たび姿を現わす、水の精ニンフの姿。

〔Ⅰ-2〕2

プロスペロー　見事、さすが私のエーリアルだ、耳を藉《か》せ。（何か囁《ささや》く）
エーリアル　畏《かしこま》りました、必ずそのように。（消える）
プロスペロー　（キャリバンに）この毒の塊《かたまり》め、悪魔があの忌《いま》わしい婆々に生ませたのが貴様だ、さあ、出て来い。

キャリバン、何か頬《ほお》ばりながら穴から出て来る。

キャリバン　お袋が大烏《おおがらす》の羽で陰気な沼地から搔《か》き集めた忌わしい露が、お前さんたちに振り掛ればいい、西南《にしみなみ》の風が吹いて体中水腫《みずぶく》れになってしまえ！
プロスペロー　ほざいたな、罰《ばち》を当ててやる、夜中に引きつけを起すぞ、横腹が釣って息の根が止るのだ——例の小鬼どもが、それ、夜を徹して暴《あば》れ廻《まわ》るであろうが、寄ってたかって貴様を小突き通す、蜂《はち》の巣よろしくあちこち捻《ねじ》り立てられようが、その痛さは実際の蜂にやられる処《どころ》ではないぞ。
キャリバン　（唸って）飯だけは食わせて貰《もら》いたいね……この島は俺《おれ》の物だ、お袋のシコラクスのだからな、そいつをお前さんが横取りしたのだ、始めのうちは俺を撫《な》で廻して、結構大事にしてくれた……木の実の入った飲物をくれもしたっけ……色んな事を教えてくれたな、昼間強く光るのは何とかで、夜の弱い光り物は何とかってな、それで俺はお前さんが好きになって、この島の在りと在らゆる事を教えてやったものだ、清水《しみず》の湧《わ》く処、塩の溜《た》まる処、何処《どこ》は荒地で、何処は肥えているという事まで。全く様《ざま》は無いや……シコラクスの呪《まじな》いまで皆言ってしまった、蟇蛙《ひきがえる》、甲虫《かぶとむし》、蝙蝠《こうもり》、何でも彼《か》でも、お前さんに取憑《とりつ》いてくれればいい！　そうだろうが、お前さんの家来と言えば俺一人だが、元は俺が俺の王様だった、それを、こんな硬《かた》い岩の中に押籠めて、他《ほか》は島中全部独《ひと》り占《じ》めにしてしまいやがったのだからな。

プロスペロー　下司め、出たら目にも程がある、貴様を動かすには鞭《むち》に限る、慈悲では動かぬらしい、今日まで貴様を召使うて来たものの――ええい、その醜い姿は！――それを不憫《ふびん》に思えばこそ、私の岩屋に棲《す》まわせて置いた処、何と貴様は私の大事な娘を辱《はずか》しめようとしおった。

キャリバン　お、ほう、お、ほう！　全く惜しい処だったよ！　お前さんに邪魔されてしまってな――さもなければ、この島中キャリバン一族をはびこらせてやれたのだ。

ミランダ　穢《けがら》わしい、その心には一かけらの善も影を落さず、悪には何にでも跳び附く、私も初めは哀れに思って、物が言えるように色々苦心したり、暇さえあれば、何か彼か教えてあげもした、あの頃のお前と来たら——全く手が附けられなかった！——自分の言いたい事も解《わか》らず、そこらの獣と一寸《ちよつと》も変りはしない、ただむやみに喚《わめ》き散らすだけ、そういうお前に心に思う事を言い表わす言葉を教えて上げたのは私……でも、捻《ねじ》け者《もの》のお前には、折角、物を憶《おぼ》えても、心の優しい人たちと一緒に暮す事が出来ない処があるらしい、だからこそ、この岩の中に閉じ籠めて置かなければならなかったのだよ、本当は牢屋《ろうや》でも軽過ぎる位なのだもの。

キャリバン　お前さんは確かに言葉を教えてくれた、お蔭《かげ》で大助かりだ、人に悪態つく事を憶えたものな、疫病《やくびよう》に取憑かれてくたばってしまうがいい、それが俺に言葉を教えた罰さ。

プロスペロー　化物の落し子め、失《う》せろ……薪を取って来い、早くせぬとためにならぬぞ、まだ他にも用があるのだ、なぜ肩をすくめる、この捻け者めが？　私の指図を蔑《ないがし》ろにし、厭々《いやいや》事を済ませよう気なら、例の引攣《ひつつり》を起させ、骨の髄まで痛い目に合わせてやる、その貴様の悲鳴には島中の獣どもまで震え上らずにはいまい。

キャリバン　（縮み上り）厭だ、勘弁してくれ……仕方無いや——こいつの魔法は凄《すご》いものな、（唸るように）お袋の神様のセティボスを抑《おさ》えつけ、家来にしてしまった位だもの。

プロスペロー　よし、失せろ、早く！　（キャリバン、こそこそと逃去る。プロスペローとミ

ランダは洞窟《どうくつ》の入口に退く）

音楽が聞えて来るが、それはエーリアルが姿を隠したまま奏し、且《か》つ歌っているのである。その後から、ファーディナンドが崖《がけ》の小道を降りて来る。

エーリアル　（歌う）

黄なる砂地に降り立ちて
　佳《よ》き人の手を取り
雅《みや》びなる口づけ交《かわ》せば――
　忽《たちま》ちに波は静かに
足取り軽く踊れや踊れ
　妖精どもの歌声を……聴け！
　かの歌を！
（折返し歌あちこちに聞える）バウ・ワウ！
番犬どもの吠《ほ》ゆる声
（折返し歌）バウ・ワウ！

聴け　かの歌を　あれは
　様子ぶりたる牡雞《おんどり》の
　　鬨《とき》の声——
　（折返し歌）コックドゥードゥル・ドゥー！
ファーディナンド　何処から聞えて来るのだ、あの楽の調べは？　空からか、それとも地下からか？　もう聞えない、あれはきっとこの島の神に捧《ささ》げるものだろう。渚《なぎさ》に蹲《うずくま》り、父君の難船を歎《なげ》いていたのだが……すると、あの音楽が波間を縫って忍び寄り、その和《なご》やかな調べにいつの間にか海の猛《たけ》りも俺の苦しみも鎮《しず》められてしまった、それから、俺はその音の跡を追って——というより、それが俺をここまで誘《おび》き寄せたのだ。が、もう何も聞えない……いや、また聞えて来た。
エーリアル　（歌う）
　王なる父は五つ尋《ひろ》の
　　水底深く横たわり
　骨は珊瑚《さんご》、眼には真珠宿りぬ
　　その身は更に朽ちもせず
　竜神《わだつみ》の業《わざ》の不思議や

なべて貴き宝となり……
海の妖精こぞりて時の鐘を打ち鳴らす
(折返し歌)ディン・ドン
聴け！　かの鐘の音を——
ディン・ドン　ベル

ファーディナンド　あの歌の言葉は溺《おぼ》れ死んだ父上を弔っている。これが人間の仕業とは思われぬ、決してこの世のものではない、今度は上から聞えて来る。

プロスペロー　(ミランダを洞窟から誘い出し)　その目の帳《とばり》を揚げ、彼方《かなた》に見ゆるものを在りのまま言うてみるがよい。

ミランダ　何でしょう？　妖精かしら？　あ、あれを、辺《あた》りを見廻している……本当、素晴らしい形をしている……でも、あれは妖精。

プロスペロー　いや、違う、あれは物を食らい、眠り、私らと同じ感覚を持っている——それに……いや、お前が今目の前に眺《なが》めている若者は例の難破船に乗っていた仲間の一人だ、あれでも、もし悲しみという——それ、その美を蝕《むしば》む害虫に(ミランダの頬の涙に触れ)　やられていなかったなら——お前にも結構美男子に見えたかも知れぬな、連れを見失い、探《さが》しあぐねて途方に暮れている処だ。

ミランダ　（父親の呪縛《じゆばく》に掛り、進み出て）私にはそう見えます、とてもこの世の物とは思われない――生きているもので、あれほど立派なものを見た事がないのだもの。

プロスペロー　（後方に留まったまま）効《き》き目《め》は十分、注文通りだ……おい、妖精、良くやったぞ、褒美《ほうび》として二日のうちに自由にしてやる。

ファーディナンド　（ミランダが前に来た時）そうだ、あの歌の調べは、この女神に捧げられたものに違い無い……お願いです、教えて下さい、あなたはこの島にお住まいなのかどうか、そして出来る事なら、ここではどう振舞ったらよろしいのか、その作法を……いや、何よりもお訊《たず》ねしたいのは、順が逆になりましたが――ああ、夢としか思えませぬ！――一体、あなたはこの世のただの女なのか、それとも？

ミランダ　夢ではありませぬ、おっしゃる通り、ただの女以外の何者でも。

ファーディナンド　私と同じ国の言葉を？　何という事だ……その言葉を喋《しやべ》る者のうちで、私は最高の地位に在る者です、その国にいさえしたなら。

プロスペロー　（進み出て）何と？　最高の地位？　どういう事になるかな、もしナポリの王が今の言葉を聞いたなら？

ファーディナンド　天にも地にもただひとり、御覧の通りの私だ、ナポリ王の話を聞かされると妙な気がする……王は私の話を聴いている、それを思うと泣きたくなる、他《ほか》でもない、私がナポリ王なのだ、というのは、この目で――あれから乾《かわ》く暇も無かったが――父の難破をしかと見届けている。

ミランダ　ああ、お気の毒な事を！

ファーディナンド　全く、それに貴族一同も――いや、ミラノ公とその優《すぐ》れた御子息も共々に。

プロスペロー　（独白）ミラノ公とそれにも優《まさ》る御息女とは共にお前を自由に操《あやつ》る事が出来るのだ、その時が来さえすればな……一目で二人は目と目を見交した……粋《いき》な奴だ、エーリアル、褒美に暇をやるぞ……（厳《きび》しく）一言、どうやら、お前の話には解《げ》せぬ節がある、一言、言って置きたい事が。

ミランダ　お父様、なぜそう辛《つら》くお当りになるの？　この方は私が今までに見た三番目の男の人……いいえ、心を動かした最初の方です、憐《あわれ》みの情がお父様のお心を私と同じ気持にして下さればよいのに。

ファーディナンド　おお、もしまだお一人で、意中の人もおいででなければ、あなたをナポリの妃にお迎えしたいのだが。

プロスペロー　待て、一言……二人とも、互いに相手の虜《とりこ》になっている、が、そう早く事を運ばせる訳には行かぬ、手軽に得た宝は必ず手軽にあしらわれるもの……一言、言って置きたい事がある、心して聴くがよい、お前は偽りの名を騙《かた》っている——しかも、この島に何者かの手先として忍び込み、主《あるじ》の私からそれを奪い取ろうともくろんでいるのだ。

ファーディナンド　何をおっしゃる、決してそのような。

ミランダ　そのような邪心がどうしてこの方の胸の館《やかた》に宿りましょう。もし邪《よこしま》な心がこれほど美しい宿に潜んでいるなら、正しい心も黙って見過しはしますまい、争ってそこに棲《す》もうとするに違い無い。

プロスペロー　（ファーディナンドに向い高圧的に）私に附いて来い……（ミランダに）この男を庇《かば》うな、こつは謀反人《むほんにん》なのだ……（ファーディナンドに）その首と足に枷《かせ》を掛けてやる、海の水で渇《かわ》きを癒《いや》せ、食い物は貽貝《いがい》と枯草の根、それに団栗《どんぐり》の殻で済ませるのだ……さあ、附いて来い。

ファーディナンド　行かぬ、そんな持てなしは御免蒙《こうむ》る、戦って破れるまではな。（剣を抜き放つと同時に、呪《のろ》いを掛けられ動けなくなる）

ミランダ　ああ、お父様、余り手荒な真似《まね》をなさらないで、この人には野蛮な処が少しも無い。

プロスペロー　ええい、私の手足が私に指図をするのか！　剣を収めろ、謀反人、踊って見せるだけで、斬《き》れるものか……貴様の良心は罪を恥じている、さあ、引け、何ならこの杖《つえ》の一振りでお前の武装を解き、剣をその手から落してやれもしよう。（ファーディナンドの剣が落ちる）

ミランダ （父親の外衣を脱がせようとする）お願い、お父様。

プロスペロー 退《の》け、衣に触るな。

ミランダ お父様、お心を和らげて、私がこの人の身の証《あか》しを立てます。

プロスペロー 言うな、もう一言でも余計な差出口をしようものなら、一喝《いっかつ》を覚悟しろ、憎みこそせね、唯《ただ》では済ませぬ、ええい、騙りの弁護を引受けようというのか？（ミランダの泣くのを見て）うるさい、どうやらこれほど美しい男は無いと思い込んでいるらしいが、それもこの男とキャリバンしか知らないからだ……愚かな奴め、大方の男に較《くら》べれば、こいつはキャリバン、大方の男はこいつに較べれば天使の如《ごと》きものであろう。

ミランダ それなら私はよほど欲が無いのでしょう、この方以上に美しい人を見たいなどと高望みは致しませぬ。

プロスペロー （ファーディナンドに）さあ、言う事を聞け、お前の全身は二たび幼な子の昔に還《かえ》ったのだ、もう何の力もありはせぬ。

ファーディナンド うむ、あなたの言う通りだ、心の働きも、まるで夢の中でのように、自由が効かない……が、父を失った事も、この無気力も、難船で友を悉《ことごと》く失った事も、そしてこの男の脅《おど》しに掛り身動き出来ずにいる事も、俺には少しも辛くない、唯、獄屋の窓から日に一度、この娘を眺《なが》める事が許されさえしたら。この世の何処なりと隅々《すみずみ》まで人は自由に使うがいい……狭い獄屋も、それが出来さえしたら、俺には十分だ。

プロスペロー　大分効いたな……（ファーディナンドに）さあ……（エーリアルに）良くやったぞ、さすがはエーリアルだ……（ファーディナンドに）私に附いて来い。（エーリアルに）おい、まだ用があるのだ。

ミランダ　心配なさらないで、父は根は優しい人なのです、言葉だけではそうは見えないけれど、いつもはこんな風ではありません。

プロスペロー　（エーリアルに）お前を自由にしてやる、山の風のようにな、その代り、何も彼も私の指図通りにするのだぞ。

エーリアル　一言一句、仰せの通りに。

プロスペロー　（ふたたびファーディナンドに）さあ、来い、（ミランダに）もう何も言うな。

（揃《そろ》って洞窟の中に退場）

〔第二幕　第一場〕

3

島の他の部分、森の中

アロンゾー王が芝生に横たわり、顔を草の上に伏せている。ゴンザーロー、エイドリアン、フランシスコー、その他は王の周囲に立ったまま。セバスティアンとアントーニオーとは群れから離れ、声をひそめて嘲《あざけ》り気味に話を交《かわ》している。

ゴンザーロー　何とぞお気持を取直して下さいますよう、お身上は勿論《もちろん》、吾《われ》らとて同様、喜んで然《しか》るべきかと存じます、こうして九死に一生を得ましたのは不幸中の幸いと申せましょう、かかる禍《わざわ》いはこの世の常――日々何処《どこ》かで船乗りの妻女が、商船隊の船長が、或《あるい》は商人《あきゅうど》が、同じ禍《わざわ》いに見舞われているのでございます、しかし、奇蹟《きせき》に与《あずか》りますのは――つまり、こうした命拾いは――百万人中、数える程しかおりませぬ、さすれば、何より御分別が肝要、この悲しみを秤《はか》るにこの好運を以《もっ》てするにしくはありますまい。

アロンゾー　（顔を伏せたまま）頼む、黙っていてくれ。

セバスティアン　（折角の慰めも王にとっては冷《さ》めた粥《かゆ》に等しい）

アントーニオー　（坊さんの方はそんな事で引き退《さが》るまい）
セバスティアン　（それ、奴さん、一所懸命、智慧《ちえ》時計の捻《ね》じを巻いている――直ぐに鳴るぞ）
ゴンザーロー　よろしゅうございますか――
セバスティアン　（一つ――さ、音を数えた）
ゴンザーロー　訪れし不幸はなべて珍客の如くもてなせ、然らば必ず――
セバスティアン　（声高に）食いはぐれ無しか。
ゴンザーロー　（振り向きざま）悔いは切り無し、仰《おお》せの通り。そのお言葉はお積り以上に的を射ておりますな。
セバスティアン　こちらで予想した以上、気《き》の利いた解釈をしてくれたからさ。
ゴンザーロー　（二たび、王に向って）それ故《ゆえ》、何卒《なにとぞ》――
アントーニオー　（ちょっ、何とまあ舌遣《したづか》いの荒い男か）
アロンゾー　頼むから黙っていてくれ。
ゴンザーロー　はい、そういう事に、唯《ただ》それにしても――
セバスティアン　（相変らずお喋《しゃべ》りを続ける気だ）
アントーニオー　（どちらに賭《か》ける、奴かエイドリアンか、この次最初に鬨《とき》を造るのは？）
セバスティアン（爺雞《じじいどり》の方だ）
アントーニオー（若雞の方さ）
セバスティアン（よし、何を賭ける？）
アントーニオー（勝ったら、笑うべし）
セバスティアン（負けたら、払うべしか！）
エイドリアン　この島は無人島らしく——
アントーニオー（は、は、は！）
セバスティアン（よろしい！　今ので払いは済んだと）
エイドリアン　——それに、人が棲《す》めそうにもありませんし、どうにも近附き難い様子ですが——
セバスティアン（その代り——）
エイドリアン　——その代り——
アントーニオー（行き掛り上、そう言わざるを得まい）
エイドリアン　——陽気も程良く、肌理《きめ》の細かな点では、きっとお気に召す事と存じます。

アントーニオー　(さよう、肌理の細かな牝《めす》ならお気に召すのも御尤《ごもっと》も)
セバスティアン　(なるほど、だが、尤もらしきお説の通り、程良くあしらわれるのが落ちと言うもの)
エイドリアン　それに、この頰《ほお》に吹きつける息が能《え》も言われず心地良いのが何よりでして。
セバスティアン　(ほう、風も肺から吐き出されるのか、しかも腐った風というのがあるらしい)
アントーニオー　(いや、そいつは泥沼の瘴気《しょうき》で造った香水でもあるのだろう)
ゴンザーロー　この島には何も彼《か》も揃《そろ》っており、日々の暮しに事欠く事はございませぬ。
アントーニオー　(全くだ、生きる事さえ出来ればな)
セバスティアン　(という事になると、先《ま》ず絶望だ、甚《はなは》だ心細い)
ゴンザーロー　それ、あの瑞々《みずみず》しく見事な草の繁《しげ》りよう！　何と、まあ、青々と！
アントーニオー　(なるほど、土地まで青ざめている)
セバスティアン　(自分がその中の緑一点という訳か)
アントーニオー　(奴さん、当らずと言えども遠からずだ)
セバスティアン　(ただし、当れりと言えども近からずだ)

ゴンザーロー　しかし、有難い事に、いや、全く信じられませぬが——
セバスティアン　（それはそうだ、総じて有難い話は信用出来ない）
ゴンザーロー　——と申しますのは、この私どもの衣類でございます、いずれも海水でずぶ濡《ぬ》れになってしまいましたにも拘《かか》わらず、依然として真新しく艶《つや》も失せず、まるで染め立てのように、塩水に浸《つか》った形跡は何処にもございませぬ。
アントーニオー　（その、奴の袖口《そでぐち》が物を言えたら、それは大嘘《おおうそ》だと言いはしないかね？）
セバスティアン　（全くだ、それとも、言うべき事も袖の下に隠し込んでしまうか）
ゴンザーロー　どう見ても新調したばかりとしか思えませぬ、それ、アフリカで姫君のクラリベル様をテュニス王とお妻合《めあわ》せになった時、始めて着用しましたのがそっくりそのままで。
セバスティアン　（世にもめでたい婚礼だった、その帰路もかくは弥栄弥栄《いやさか》）
エイドリアン　テュニスの国としましても、かほどの栄誉は空前の事、あのように類《たぐ》い稀《まれ》なる姫様をお妃《きさき》に迎えられたのでございますから。
ゴンザーロー　名高き美女のダイドー以来、始めての事で。
アントーニオー　（瘡《かさ》かきだと？　くたばってしまえ、何だって瘡かきの話など持出したのだ？　瘡かき美女のダイドーとは！）
セバスティアン　（といって、その恋人の、これまた「名も高きイーニアス」と来られたらどうする？　からかいたくても、洒落《しゃ》れようがあるまい？）
エイドリアン　名高きダイドー、そう言われたな？　お言葉だが、ダイドーはカルタゴの女王で、テュニスとは関係が無い。
ゴンザーロー　今のテュニスというのは、昔は、カルタゴだったので。
エイドリアン　カルタゴだった？
ゴンザーロー　さよう、間違い無い、カルタゴでした。
アントーニオー　（奴の言葉は例の神秘な竪琴《たてごと》以上の効《き》き目があるらしい）
セバスティアン　（それ処《どころ》か、城壁は因《もと》より、町まで拵《こしら》え上げてしまう）
アントーニオー　（この次には如何《いか》なる不可能事を見事やってのけようと言うのかな？）
セバスティアン　（まあ、この島をそっと袖口に隠して持ち帰り、林檎《りんご》の代りに息子の土産《みやげ》にしようというのだろう）
アントーニオー　（で、その種を海に蒔《ま》いて、島をもっと増殖しようという気だろう）
ゴンザーロー　ところで。
アントーニオー　（それ、また始まった）

ゴンザーロー　ところで、先にも話しておったのでございますが、衣類は仕立て下ろしそのままの新しさ、テュニスにて、今は妃の姫君の御婚儀を取り行わせられた時、着用しておりました頃と少しも変ってはおりませぬ。
アントーニオー　(彼《か》の国としては空前の事柄でして)
セバスティアン　(頼むから勘弁してくれ、名高きダイドーだけは)
アントーニオー　(おお、瘡かきダイドー！　然り、瘡かきダイドーよ)
ゴンザーロー　御覧なさいまし、私の上衣《うわぎ》にしましても、始めて着た日と少しも変らぬ新しさでございましょう？　まあ、まあ、この程度なら。
アントーニオー　(この程度とは巧《うま》く逃げたものだ)
ゴンザーロー　姫君御婚礼の日に着ました時と？
アロンゾー　(立上って)お前は先から何の彼のとこの耳に押込もうとするが、私の耳袋が受附けぬのだ……あのような処に姫を遣《や》らねば良かった、その婚儀の帰り途《みち》、私は息子を失い、つまりは娘も失ってしまったのだ、イタリーからかほど離れていたのでは、二度と相見る事もあるまいからな……ああ、私の世嗣《よつぎ》、やがてはナポリの、そしてまたミラノの主たるべき若者、今頃お前は如何《いか》なる魚の餌食《えじき》となっているのか？
ゴンザーロー　いいえ、若様は恐らく生きておいでてございましょう。この目ではっきり認めましたが、若様は波頭《なみがしら》を叩《たた》き伏せたかと思うと、ひらりとその背に打跨《うちまた》がる、と見るや、仇《あだ》なす水を蹴散《けち》らし搔《か》き分け、真《まこと》に鮮《あざ》やかな進撃振り……襲い掛る大波にも真正面から体当り、小煩《こうるさ》い波にもお頭《つむ》を誇りかに擡《もた》げて引かず……頼みの櫂《かい》は御自分の腕のみ、その筋金入りの一搔き一搔きを以て、陸《おか》に向って進んでおいででした……波に削られた岸辺もさすがにそれには頭《こうべ》を垂れ、身を低うして若様をお迎え申上げたのでございます、確かに若様には恙無《つつがな》くこの島にお着きのはずで。

アロンゾー　いや、いや、あれはもうこの世にはおらぬ。

セバスティアン　(声高く)その大きな不幸も御自分に礼をおっしゃったがいい、因《もと》は御自分の娘をヨーロッパにくれてやらず、アフリカくんだりに追い遣ったからで、姫にしてみれば、少なくとも目通りを禁ぜられたようなもの、今そのお目が悲歎《ひたん》の涙に濡れたとしても不当ではありますまい。

アロンゾー　頼むから黙っていてくれ。

セバスティアン　あの時は、一人残らず兄上の前に膝《ひざ》を突いてまで、いや、その他色々手立てを尽してお願いしたものです、それのみか、姫みずから、嫁《とつ》ぎたくない気持と親に随《したが》わねばならぬという気持と、天秤《てんびん》のどちらの皿が傾《かし》ぐかと測りかねていたものです……お世嗣も見失ってしまった、多分永遠に、お蔭《かげ》でミラノとナポリとは寡婦《やもめ》が随分増えましたな、ここに助かった連中を連れ返った処で、とても間に合わない、その責めは兄上が負うべきなのだ。

アロンゾー　最大の不幸はそこにある。

ゴンザーロー　セバスティァン様、真実とは申せ、それをおっしゃるのは聊《いささ》かお思遣《おもいや》りに欠けておいでかと存じます、それに今は時宜を得ておりませぬ、傷をこするよりは塗薬を差上げるべきでございましょう。

セバスティァン（おっしゃる通りだ）

アントーニオー（さすがは名医だな）

ゴンザーロー　いずれにせよ、お顔が雲で翳《かげ》れば、吾ら一同、日の目が拝めませぬ。

セバスティァン（屁《へ》の目が拝める？）

アントーニオー（臭くて心も腐るという訳さ）

ゴンザーロー　仮りに私がこの島の統治を任されたと致しますなら――

アントーニオー（蕁麻《いらくさ》の種でも蒔かせる気だろう）

セバスティァン（それとも、すかんぽか、錦葵《ぜにあおい》か）

ゴンザーロー　まず王様になったとしまして、さて、この私が何をしたいか御存じで？

セバスティァン（酔払い王の汚名だけは免れるだろうな、肝腎《かんじん》の酒が無いのだから）

ゴンザーロー　この国におきましては、万事この世とあべこべに事を運びとう存じます、先ず、取引と名の附くものは一切これを許しませぬ、役人は肩書無し、民に読み書きを教えず、貧富の差は因より、人が人を使うなど――とんでもない、すべて御法度《ごはっと》、契約とか相続とか、領地、田畑《でんばた》、葡萄畑《ぶどうばたけ》の所有とか――これ、またとんでもない話、金属、穀物、酒、油の類に至るまで、一切使用厳禁、働くなどとは以ての外、男と生れたからには遊んで暮す、勿論《もちろん》、女にしても同じ事、ただし未通《おぼこ》で穢《けが》れを知らず、いや、そもそもこの国には君主なるものが存在しない――

セバスティアン　（それでいて、自分がその国王になる気でいるのだ）

アントーニオー　（あいつの国家論は、序論を忘れて本論を説いている）

ゴンザーロー　何でも彼《か》でも自然が恵んでくれます、人間は汗水垂らして努める必要無し、反乱、窃盗は勿論の事、剣、槍《やり》、匕首《あいくち》、鉄砲、その他、危ない道具はすべて御免を蒙《こうむ》ります、自然の恵みは限り無く、手を加えずして五穀は豊穣《ほうじょう》、吾《わ》が罪無き民草を養うてくれます。

セバスティアン　（奴の人民どもの間では結婚も無いのか？）

アントーニオー　（無いに決っている、皆遊んでばかりいるのだからな、売女《ばいた》と悪党の天下では……）

ゴンザーロー　かくの如《ごと》く一点非の打ち処無き政事を行い、正にかの黄金時代を凌《しの》ぐばかり、となれば――

セバスティアン　（声高に）君が代のとことわに！

アントーニオー　神よ、ゴンザーローを守り給え！

ゴンザーロー　申上げました事、聴いておいでに？

アロンゾー　頼むから、もう何も言わないでくれ、お前は詰らぬ事ばかり喋《しゃべ》っている。

ゴンザーロー　如何《いか》にも仰せの通りでございます、もともと私はこちらのお二方のために精々お勧めしておりましたので、それがいずれも全く以て敏感なる肺臓の持主でいらして、詰らぬ事を肴《さかな》に笑い興じておいでになる。

アントーニオー　いや、吾々《われわれ》はお前さんを肴に笑っていたのさ。

ゴンザーロー　その私と来ては、そういう駄洒落《だじゃれ》が不得手で、お二人の目には全く詰らぬ能無し、とすれば、お二方とも、詰らぬものを肴に笑い興じていらっしゃるという事に。

アントーニオー　見事一本という処か！

セバスティアン　精々峰打ちだろう。

ゴンザーロー　お二人とも、随分利《き》かぬ気の方々だ、その調子では、相手がお月さんだろうと軌道から外《はず》してしまいかねない――満月のまま一週間も虧《か》けずにいようものなら、結構、そんな事も！

エーリアル、厳《おごそ》かな楽を奏しつつ上空に現われる。

セバスティアン やってのけるだろうよ、で、それを提灯《ちようちん》の代りにして、鳥叩《とりたた》きに森へ出掛けたいものだね。

ゴンザーロー、二人から離れる。

アントーニオー いや、どうぞお怒りにならぬように。

ゴンザーロー 何の、御心配御無用。折角の分別を易々《やすやす》失うような事は致しませぬ……一つ笑いのめして寝かしつけて下さらぬか、ひどく眠くなりましたのでな？（横になる）

アントーニオー どうぞお寝《やす》みを、そして吾らの話をたっぷりお聴き頂こう。（アロンゾー、セバスティアン、アントーニオー以外、皆眠りに落ちる）

アロンゾー これは、揃《そろ》いも揃って皆、忽《たちま》ちのうちに眠りこんでしまったではないか？

出来る事なら、この者たちと同様に、私の目蓋《まぶた》も鎖《とざ》し、この煩《わずら》いを押し隠してくれぬものか。いや、どうやら、そのような心地になって来たらしい。

セバスティアン　どうぞ御遠慮無く、折角の眠気をお見過しにならぬよう、それは悲しみの上には滅多に訪れませぬ、が、一たび訪れてくれさえすれば、それはこよ無き慰め手となりましょう。

アントーニオー　吾々二人が、お寝《やす》みの間、お身上をお衛《まも》り致し、見張り役を勤めます。

アロンゾー　済まぬ……どうにも堪《た》えられなくなって来た。（眠りに落ちる。エーリアル、それを見届けて退場）

セバスティアン　不思議だな、皆一緒に眠りに襲われるというのは！

アントーニオー　この土地のせいだろう。

セバスティアン　それなら吾々の目蓋が重くならぬのはどういう訳だ？　俺は一向に眠くない。

アントーニオー　俺《おれ》もだ。頭脳は至極明晳《めいせき》だ、この連中、まるで申合せでもしたように、一緒に寝込んでしまった、いや、薙《な》ぎ倒されてしまった――まるで雷の一撃に遭《あ》ったように……（小声で、眠っている人々を指差し）どういうことだ、これは、セバスティアン？　ああ、どういう？　もう何も言う事は無い……しかし、どうやらその顔を見れば解《わか》る、君がどうあるべきかが、好機到れり、それが君に語り掛けているのだ、俺の目にははっきり映っている、王冠が君の頭上に落ち掛っているのが。

セバスティアン　え！　君は目を醒《さま》しているはずではなかったのか？

アントーニオー　君には俺の言う事が聞えないのか？

セバスティアン　聞えているさ、が、正直の話、寝言だよ、それは、眠りながら物を言っているのだ、何と言ったのだ？　不思議な眠りようがあるものだ、目を大きく開けて眠っている、立って、物を言って、動いて……それでいて、ぐっすり眠りこけているとは。

アントーニオー　おい、セバスティアン、君こそ自分の運を眠らせようとしているのだ……死なせようとしていると言ったほうがいい……目醒めていながら、目を閉じている。

セバスティアン　君の鼾《いびき》は実に整然としているね、鼾に意味がある。

アントーニオー　俺は真面目《まじめ》なのだ、いつもと違う、君もそうあって貰《もら》いたいね、俺の話を聴く気なら。何を為《な》すべきか、それが解ったら、君には大変な重荷になろうが。

セバスティアン　ふむ、俺は淀《よど》める水さ。

アントーニオー　その溢《あふ》れる方法を教えてやろうと言うのだ。

セバスティアン　そうして貰いたいね、今の処、引く事だけだ、生れ附きの怠け者根性が教えてくれるものは。

アントーニオー　おお！　そこだ、肝腎《かんじん》のもくろみが芽を吹いている、そうして己れを嘲《あざけ》る言葉のうちに、そうなのだ、恐れて脱ぎ棄てようとすれば、却《かえ》ってそれがその身に纏《まつわ》り附くものなのだ、人間、一度引潮に乗ったが最後——よくある事さ——きっと水底近くまで潜《もぐ》って行きたくなる、それも己れの恐怖心に、いや、時には怠け癖に引きずられてな。

セバスティアン　まあ、その先を聴かせてくれ、その目と頰《ほお》の緊張は唯事《ただごと》ではない、それを生み落そうとして、そうだ、君自身その苦しみに堪えているとしか思えない。

アントーニオー　（ゴンザーローを指差し）因《もと》はこれだ、この物忘れの大家、いや、その御当人も土中に埋れてしまえば、直ぐ人から忘れられてしまうのだが、奴め、先程ここでどうやら王の説き伏せに成功したらしい——もともと説得の名人で、人を説き伏せるのが役目とは言うものの——お蔭《かげ》で王子は生きているという事になってしまったが、そんな事があるものか、あれが溺死《できし》せずに済んだと言うなら、ここに眠っている此奴《こやつ》も、抜手を切って泳いでいるという事になる。

セバスティアン　とても考えられぬ、王子が無事溺《おぼ》れずに済んだなどと。

アントーニオー　おお、その「考えられぬ」事から大した事が考えられるはずではないか！　ある道を辿《たど》って行けば考えられない事が、別の道では壮大な考えに通じている、そのため、どんな野心もその先が見透《みとお》せず、暗中摸索《もさく》で終るのが常さ……いいか、君も認めるだろうな、ファーディナンドの溺死は？

セバスティアン　あれは確かに死んでしまった。

アントーニオー　では、言って貰おう、誰がナポリ王国の後継ぎになる？

セバスティアン　クラリベルだ。

アントーニオー　テュニスの妃《きさき》のね、即《すなわ》ち、人が一生掛っても行き着けぬ所に住んでいるお方だ、ナポリから便りの貰えぬお方だ――太陽が飛脚になってくれれば別の話、月に人が住んでいても到底間に合わない――生れ立ての赤ん坊が逞《たくま》しく生長して剃刀《かみそり》が要るようになる位まで時間が掛る、その上、あの女性は……いや、その人の処から戻る途中、吾々は遭難して海に呑《の》まれたのだ、尤《もつと》も、こうして二たび吐き出された者もいるが、どの道、厄《やく》は免れない――つまり、芝居が始まったのだ、これまではほんの序の口、後《あと》は君と俺と二人の出《で》突張《づっぱ》りさ。

セバスティアン　何という事を！　どうしてそんな？　なるほど、姪《めい》はテュニスの王妃だ、が、同時にナポリの後継ぎでもある――ただその二つの間には多少隔りがあるにはあるが。

アントーニオー　隔りがある、その目盛りの一つ一つが大声に訴えているような気がする、「あのクラリベルに俺たちを頼りにナポリへ戻って行かせる気か？　テュニスに閉じ込めて置け、そしてセバスティアンの眠りを醒してやれ」……見ろ、仮りにこれで死んでいるとしても、御覧の通りの態《てい》たらくだが――ふふ、このまま何処《どこ》と言って今と変りはあるまい、ナポリを治め得る者はほかにもいる、眠っているこの男だけではない、貴族にしても、お喋りや無駄口なら、このゴンザーローに負けないのが幾らもいよう、この俺にしても烏《からす》を仕込んで、あの程度のお喋り屋に仕立て上げる事位出来るさ、ああ、君が俺と同じ気になってくれれば、それ、この様《ざま》、正に君の出世のために眠っているようなものではないか！　その意味が解るかね？

セバスティアン　どうやらね。

アントーニオー　どうなのだ、君の肚《はら》は、この運の風向きに乗る気があるのか？

セバスティアン　そうだった、君は実兄のプロスペローを追払って、その位を奪ったのだったな。

アントーニオー　その通り、序《つい》でに見てくれ、その借衣《かりぎ》の良く似合う事、前のよりしっくりしている位だ、兄が召使っていた連中は当時俺の仲間だった、それが今は俺の家来さ。

セバスティアン　それで、君の良心は？

アントーニオー　うむ、来たね、で、そいつは一体何処に在るのだ？　もし踵《かかと》の皹《あかぎれ》みたいなものなら、突掛け穿《は》いて痛まぬように工夫すれば良い、が、俺にはさっぱり手応《てごた》えが無いのだ、胸の辺《あた》りに在《ましま》す神様というのがね……たとえ良心という奴が、俺とミラノ公との間に二十も三十も立ちはだかって、脅《おど》そうと賺《すか》そうと、こちらは少しもへこたれない……ここに君の兄弟が寝ている、その下の土塊《つちくれ》と何の変りもありはしない。もしそれが見ゆる通りのものなら――（声を潜め）それは屍《しかばね》という事だがね――そいつをこの忠実なる鋼《はがね》を使って――（短剣に手を触れ）ほんの切先《きつさき》だけで結構――永遠の寝床に追い遣《や》る事が出来るのだ……君は君で、こうやって、とわに醒める事無き眠りにこの老いぼれを……（ゴンザーローを指差し）この忠臣殿、何の彼《か》のと文句を言い出しかねぬからな……他《ほか》は、皆、呑込みの早い奴らばかり、猫にミルクさ――時は今と言えば、いつであろうと鐘を打つ手合いだ。

セバスティアン　君の先例にあやかる事にしよう、君がミラノを手に入れたように、俺もナポリを頂戴《ちようだい》する……剣を抜け。その一突きで年々納めている貢物《みつぎもの》を免除してやろう、王になったら、大いに君を大事にするぞ。

アントーニオー　一緒に抜くのだ、(剣の鞘《さや》を払う)私が手を振上げたら、同時にその手をゴンザーローの上に。

セバスティアン　あ、そうだ、一言。(二人、離れる)

音楽。エーリアルが二たび現われ、ゴンザーローの上に屈《かが》み込む。

エーリアル　お師匠様は法術で何も彼《か》もお見透し、身方のお前さんが危ないと知って、俺をお遣《つか》わしになった、(さもないと、計画が水の泡になるからな)とにかくお前さんを生かして置けとおっしゃる。(ゴンザーローの耳に歌い掛ける)

鼾《いびき》をかいて寝てる間に
たくらみ事は目を開き
　隙《すき》を窺《うかが》う
命が大事と思うなら
眠気を振切り目を醒せ
　開け　眼《まなこ》を！

アントーニオー　では、早速。

ゴンザーロー　（目を醒し）何とぞ、天使が王の身をお護《まも》り下さいますように！　や、これは一体？　王様！　お目を！　（アロンゾーは揺り起されて、目を醒す）
アロンゾー　（アントーニオーとセバスティアンに）なぜ剣を？　なんでそのように恐ろしげな顔附きを？　何かあったのか？
セバスティアン　お寝《やす》みなので、お身を衛っておりました処、たった今しがた、大地を揺るがすような唸《うな》り声が聞えました、牡牛《おうし》、いや、獅子《しし》かも知れませぬ――目がお醒めになりませんでしたか？　私の耳には何とも不気味に聞えましたが。
アロンゾー　私には何も聞えなかった。
アントーニオー　ああ、あの声を聞けば、化物も恐れて縮み上り、大地も慄《ふる》え戦《おのの》くでしょう……確かにあれは獅子の大群が一斉に吠《ほ》え声を挙げたのだ。
アロンゾー　お前は聞いたのか、ゴンザーロー？
ゴンザーロー　この耳には、はい、何か歌声のようなものしか――それがまた不思議なもの――それで目が醒めました……それからお体を揺り、お起し致しましたので……開けた目に、いきなりお二人の剣が飛込んで参りまして……音は致しました、それは確かでございますが……いずれにせよ、直ぐにも警戒を、いや、それより場所を変えるにしくはございません……御一同、さ、剣を抜いて。

アロンゾー　ここを引揚げ、なお息子の行方を探ってみよう。
ゴンザーロー　天が王子様のお身上を野獣からお護り下さいますよう……いや、確かにこの島においでてございます。
アロンゾー　さあ、行こう。
エーリアル　（一同が去るのを見送り）プロスペロー様に俺のやった事をお知らせして置かなければ……では、王様、御心配無く王子様を探しにお出掛け下さいまし。（消える）

〔第二幕　第二場〕

4

不毛の台地

今にも降り出しそうな天候。
キャリバンが薪《まき》を背負って出て来る。雷鳴。

キャリバン　お天道様が毒という毒をじめじめした泥んこ沼から吸上げて、プロスペローの頭の上にぶちまけ、体中隅《すみ》から隅まで病気にしてくれればいい、（稲妻が光る）あいつの手下の妖精《ようせい》どもが何処かで聴いている、でも、誰が黙っていられるもんか……（薪を抛《ほう》り出す）あの手先どもが俺《おれ》を抓《つね》ったり、小鬼の化物で脅したり、沼の中へ突き落したり、松明《たいまつ》に化けて真暗がり中をうろつかせたり、そんな事をするのも、みんなあいつがさせるんだ、何かにつけて、俺を小突き廻させる——まるで猿だ、歯を剝《む》いて喚《わめ》き散らし、挙句《あげく》の果て嚙《か》み附いて来る、そうかと思うと、針鼠に化け、俺が裸足《はだし》で歩く道に寝転んでいて、足を降ろすと針を逆立てる、それどころか、気が附いてみると、辺《あた》り一面、蝮《まむし》で一杯、そいつらが先の分れた舌をひゅうひゅう言わせて押し寄せる、お蔭《かげ》で気が狂いそうにならあ……

トリンキュロー登場。

キャリバン　それ、来たぞ、それ、それ！　奴《やつ》の手先の妖精だ——俺をいじめに来たんだろう、薪の運び方が遅いというんで。腹這《はらば》いになっていてやるか——気が附かずに行ってしまうかも知れん。（うつぶせになり、長衣で全身を蔽《おお》い隠す）

トリンキュロー　（空を眺めながら、足もと危なげに出て来る）この辺り、繁《しげ》みも無ければ木株も無い、一荒れ来たらお手挙げだ……だのに、また荒れ模様になって来た、風が唸《うな》っている、それ、あの黒い雲、向うに見える大きな塊、気味の悪い大砲よろしくの酒嚢《さかぶくろ》めが今にも中身をぶちまけそうだ、また先刻《さっき》のように雷が鳴り出したら、頭の隠し場がねえや、あの空模様ではバケツで撒《ま》いたような大降りになるに違いねえ……（キャリバンに躓《つまず》く）何だ、こいつは、人間様か、それとも魚か？　死んでいるのか生きているのか？（匂《にお》いを嗅《か》いで）魚だ、魚の匂いがする……大分時が経《た》っている、魚の匂いだ……古びた干物《ひもの》の鱈《たら》というところだ、妙な魚だよ……仮りに今俺がイギリスにいて、いや、一度行った事もあったっけが、この魚を絵看板に描かせたとしたら――お祭りの野次馬連中、銀貨の一枚位喜んでふんばるだろうに、あそこならこの化物で一財産造れる、あそこは不思議な生き物を持って行きさえすれば、必ず一財産造れる国だ、奴らと来たら、跛の乞食を助けるのに鐚《びた》一文出そうとしねえ癖に、死んだインディアンを見物するためならその十倍でも投げ出す……（キャリバンの長衣をめくる）人間のように脚が附いている、鰭《ひれ》はまるで手のようだ……（そっと体に触って）温かいぞ、こいつは！（跳《と》びすさり）こうなったら、自説は撤回する、これ以上頑張《がんば》る訳には行かねえ、こいつは魚じゃなくて、この島の土人だ、つい先刻の稲妻でやられたに違いねえ、（またもや雷鳴）大変だ！　またあらしがやって来た、三十六計、この着物の下に潜《もぐ》り込むのが一番だ、（裾《すそ》の方から潜り込む）見渡した処《ところ》、ほかに逃げ場は無いもんな、人間、窮すれば、どんな奴とでも寝床を共にする、（体に衣を巻き附け）あらしが通り過ぎるまで、こうしてくるまっていよう。

ステファノー、歌いながら登場、手に酒瓶《さかびん》を持っている。

ステファノー　（歌う）
　もう懲《こ》り懲りだ、海は沢山
　　どうせ死ぬなら、陸《おか》の上——
葬式の歌としては、しょびたれているな、こいつは、そうだ、ここに俺様のお楽しみが。
（酒を一口飲む）
　船長と水夫長と甲板拭《かんぱんふ》きと俺《おれ》と
　　それから大砲係とそいつの助手とで
　惚《ほ》れた相手はマル、メグ、マリアン、マージェリー
　誰もケイトには見向きもしない……
　それもそのはずこの女稀《き》代《たい》の毒舌
　船乗り見れば「くたばりやがれ」と罵《ののし》り喚《わめ》く

タールとニスの匂いが嫌《いや》だとぬかし
その癖仕立屋だけには搔《か》ゆい所を搔かせやがって……
ええい、くたばりやがれ、俺たちは船乗り、海へ行く

こいつもしょびたれている、そうだ、ここに俺様のお楽しみが。（酒を飲む）

キャリバン　俺をいじめないでおくれ……おお！

ステファノー　どうした？（振向いて）ここには悪魔がいるのか？　俺たちを一杯食わそうというのか、野蛮人やインディアンを手先に使って、やい、貴様？　俺様が溺《おぼ》れずに済んだのは、今更貴様の四本脚を見て震え上るためではないぞ、そうだろう、諺《ことわざ》にあるじゃないか、高が四本脚の人間に負けるは男に非《あら》ずとな、この諺はすたれないね、ステファノー様が鼻で息をしている間は。

キャリバン　妖精どもが俺をいじめる……おお！

ステファノー　こいつは島で採れる化物だぞ、四本脚と来た、どうやら、瘧《おこり》に取憑《とりつ》かれているらしい……こいつ一体どこで俺たちの言葉を憶《おぼ》えやがったのだ？　一つ助けてやるとしようか、瘧だけなら大した事はねえ……直してやって飼い馴《な》らして、ナポリに連れて行きさえすれば、どんな王様にでも大威張りで献上出来る。

キャリバン　（顔を現わし）俺をいじめないでくれ、頼むから、薪はこれからもっと早く

運ぶようにするよ。

ステファノー　こいつ発作が起っているな、取りとめの無い事ばかり抜かしやがる、一口飲ませてやるか、まだ酒の味を知らねえとすると、発作にはきっと覿面《てきめん》だぜ、直してやって飼い馴らしさえすれば、幾らでも高く売れるというもんだ、欲しい奴からはお代を頂戴《ちょうだい》する、嘘《うそ》は言わねえ。（キャリバンの肩を摑《つか》む）

キャリバン　お前さんはまだ大して俺を苦しめていない、でも、直ぐ始めるに決っている、俺には解《わか》るんだ、手が震えているもんな、プロスペローが術を掛けているからだ。

ステファノー　さあ、やれ、（キャリバンの顔に酒瓶を押し附け）口を開《あ》くんだ、これを飲めば猫でも口がきけるというじゃねえか、これ、猫め、口を開けろ、これを一口飲めばその震えが振り落される、俺には解っているんだ、嘘は言わねえ……（キャリバン酒を飲む）貴様には解らねえらしい、目の前に身方がいるのが、もう一度口を開けるんだ。

トリンキュロー　声に聞き覚えがある、そうだ、間違いねえ――でも、奴は溺れ死んだはずだ、とすると、こいつらは悪魔だぞ、おお、神様、この身をお守り下さいまし。

ステファノー　脚が四本に声が二色か、頗《すこぶ》る出来の良い化物だな……この、前の方に附いている口は自分の身方を大事にする、だが、後ろに附いている口はやたらに悪態ついて、身方をくさしやがる、俺の酒を瓶ごとくれてやって、それで瘧が治るものなら、喜んで助けてやろう、さあ……（キャリバン二たび酒を飲む）よし来た、今度はもう一つの口に飲ませてやるとしよう。

トリンキュロー　ステファノー――

ステファノー　（跳びすさって）そっちの口が俺の名を？　何という事だ！　こいつは悪魔だ、化物じゃねえ、三十六計、逃げるにしかずだ――俺には長い匙《さじ》が無いからな。

トリンキュロー　ステファノー……もしお前が正真正銘のステファノーなら、俺に触《さわ》って見てくれ、頼むから物を言ってくれ、俺はトリンキュローだ、怖《こわ》がる事はねえ――お前さんの親友トリンキュローだ。

ステファノー　もしお前が正真正銘のトリンキュローなら……（近寄って来て）まあ、出て来いよ、（踝《くるぶし》の処を摑んで）小さい方の脚を引張るぞ、（引張って、一寸休《ちよつと》み）どっちかがトリンキュローの脚だとすれば、先《ま》ずこっちの方だろう、（相手の顔をつくづく眺《なが》め）なるほど、確かにトリンキュローだ、だが、どうしてまたこんな片端《かたわ》の糞《くそ》になどなってしまいやがったんだ？　こいつはトリンキュローを毎日尻《しり》からひり出すのか？

トリンキュロー　（よろめきながら漸《よう》く立ち上り）こいつは稲妻にやられて死んだものとばかり思い込んでいたんだ……それにしても、溺れ死んだんじゃないのかい、ステファノー？　いや、どうやら溺れずに済んだものらしい、あらしは行ってしまったのかい？

俺はこの死んだ片端の裾《すそ》に隠れていたんだ、あらしが怖いんでね、（御丁寧にも相手の体をいじくり廻し）お前さん、生きているのかい、ステファノー、ああ、ステファノー、これで二人、ナポリ人が助かったんだ！

ステファノー　止《よ》してくれ、そうぐるぐる廻すなよ、胃の具合が悪いんだ。

キャリバン　この連中、もし妖精じゃないとすると、大したもんだぞ、素晴らしい神様に違い無い、御神酒《おみき》も持っている、お詣《まい》りして置こう。（頭を下げる）

ステファノー　お前さんはどうして命拾いしたんだ？　どうしてここまで来た？　この酒瓶に誓って本当の事を言え、どうしてここへ来たのか……俺は水夫どもが抛り出した酒樽《さかだる》に乗っかって命拾いをした――この酒瓶に賭《か》けて誓ってもいい！　いや、こいつは木の皮のお手製だよ、陸に打上げられてから造ったんだ。

キャリバン　（前に進み出て）その酒瓶に賭けて誓ってもいい、俺はお前さんの忠実な家来になるよ、その酒はこの世の物じゃないもんな。

ステファノー　さあ、（トリンキュローに酒瓶を突き附け）誓った、どうして命拾いをしたか話して聴かせろ。

トリンキュロー　陸まで泳いだのさ、家鴨《あひる》のようにな……俺は家鴨のように泳げるんだ、幾らでも誓うぞ。

ステファノー　さあ、この聖書に口附けしろ……（トリンキュロー、酒瓶から飲む）家鴨のように泳げるにしてもだ、お前さんの姿はどう見ても鵞鳥《がちょう》だな。（酒瓶を取上げる）
トリンキュロー　おお、ステファノー、こいつはまだあるのか？
ステファノー　樽ごとある。俺の酒倉は海辺《うみべ》の岩穴だ、そこに酒は隠してある……（キャリバンの方を見て）おい、どうした、片端？　瘧《おこり》はどうしたね？
キャリバン　お前様は天から落ちて来たんじゃないのか？
ステファノー　月からな、本当だぞ……（酒瓶を飲みほし）俺は月の中に棲《す》んでいたんだ、もとはな。
キャリバン　（平身低頭して）見た事がある、だからお前さんを敬うよ、俺の処の娘っ子が月の中のお前さんが犬と柴《しば》の束を持っているのを見せてくれた事があるもん。
ステファノー　さあ、これに賭けて誓え、聖書に口附けするんだ……直ぐまた中身を一杯詰めてやるぞ……誓え。
トリンキュロー　この日の光に賭けて、こいつは恐ろしく智慧《ちえ》の足りねえ化物だな、俺が怖がっていたのはこいつかね？　甚《はなは》だ頼りねえ化物だよ……月の中の男か！　全くたわいのねえ化物だ……（キャリバンが酒瓶を空にするのを見て）飲み振りがいいぞ、化物、見事、見事。

キャリバン　この島の肥えた処は隅《すみ》から隅まで案内してやる、お前の足を嘗《な》めさせてくれ、お願いだ、俺の神様になってくれろよ。
トリンキュロー　この日の光に賭けて、こいつは全く以《もっ》て信用の置けない酔払いの化物だ。神様がお寝《やす》みになっている間に、その酒瓶を盗みかねねえね。
キャリバン　お前さんの足を嘗めさせておくれ、家来になる事を誓うよ。
ステファノー　よし来た、膝《ひざ》まずいて誓え。（キャリバン、トリンキュローに背を見せ膝まずく）
トリンキュロー　この空っぽ頭の化物め、おかしくて笑い死にしそうだよ、全くしょびたれた化物だ、打ちのめしてやりたくなる――
ステファノー　さあ、足を嘗めろ。（キャリバン、ステファノーの足に接吻《せっぷん》する）
トリンキュロー　――と言って、酔っているんじゃ話にならねえ……このいまいましい化物めが！
キャリバン　一番良い清水の湧《わ》く処を教えてやるよ、木の実を取って来てやる、魚もな、薪《まき》だってどっさり集めて来る……俺をこき使っている悪党め、疫病に取憑《とりつ》かれるがいい、もう木端《こっぱ》一つ運んでやるものか、これからはお前さんの尻にくっ附いて歩く、こんな偉《えら》物《ぶつ》がいるとは思わなかったよ。

トリンキュロー　全く阿呆《あほ》らしい化物だ、仕様のねえ酔いどれを偉物とは恐れ入る！

キャリバン　さあ、林檎《りんご》の成っている処へ案内させてくれ、この長い爪《つめ》で土の中の豆を掘ってやる、樫鳥《かけす》の巣の在り場所も教えてやろう、俺はすばしこい鼠猿《ねずみざる》に罠《わな》を仕掛ける事も知っているんだ、榛《はしばみ》の実が房成りになっている処にも連れて行ってやる、何なら岩の間から鷗《かもめ》を掴まえて来てやってもいい、さあ、一緒に行こうよ。

ステファノー　もういい、案内してくれ、お喋《しゃべ》りはもう沢山だ……トリンキュロー、王様も仲間の者も皆溺れ死んでしまった、俺たちがこの島の御領主様だ、（キャリバンに）これ、この酒瓶を持て、（トリンキュローの腕を摑み）おい、トリンキュロー、早速こいつにもう一度咽喉《のど》まで一杯注ぎ込んでやろうじゃねえか。

キャリバン　（酔って歌う）あばよ、旦那《だんな》、あばよ、あばよ

トリンキュロー　遠吠《とおぼ》えの化物め、酔いどれ化物。

キャリバン　（歌う）

　これが最後だ、魚取りは御免

　薪探しも厭《いや》なこった

　頼むだけ野暮だ

〔Ⅱ-2〕4

皿も拭《ふ》かない、鉢《はち》も洗わぬ
バン、バンのキャ、キャリバンは
旦那を代えた――後は知らない
自由だ、休みだ！ 休みだ、自由だ！ 自由だ、休みだ、自由だ！
ステファノー おお、何と素晴らしき化物よ、さあ、案内を頼む。（一同、ふらつきながら退場）

〔第三幕 第一場〕

5

プロスペローの岩屋の前
ファーディナンドが丸太を担《かつ》いで登場。

ファーディナンド 遊び事も物によっては苦痛が伴う、その辛《つら》さも内に楽しみがあれば忘れられもしよう、卑《いや》しい仕事も誇りを以《もっ》て堪《た》え得る場合がある、そうなれば、どんな詰らぬ事でも立派な実を結ぶというもの……今のこの卑しい仕事も普段の俺ならその辛さに堪えかね、厭《いと》わしく思うに違い無い、それもあの娘のためとあれば、死んだ心に生気が甦《よみがえ》り、辛さは消え――そして喜びが……ああ、あの娘は心の捻《ねじ》けた父親に較《くら》べて何層倍も優しい生れ附き、父親の方は全く冷酷そのもの……（腰を降ろし）こうして何千本もの丸太を運び積上げろという、厳《きび》しい命令だ、あの優しい娘は俺の働く姿を見て涙を流し、こんな卑しい仕事を俺のような身分の者がやっているのを見た事が無いと言う……（立上り）忘れていた……だが、そういう甘い想《おも》いが仕事の辛さを軽くしてくれるのだ――俺にとっては手の空《あ》いている時が一番忙しい。

ミランダが洞窟《どうくつ》から出て来る。プロスペローがその後に続いて入口に登場、しかし、気附かれない。

ミランダ　まあ、お待ちになって、そう詰めてお働きにならなくても。いっそ先刻の稲妻で、父上から運ぶように言い附かっておいでのその丸太がみんな燃えてしまえば良かったのに、さあ、それを下に降ろして一休みなさいまし、この木が燃える時、こうしてあなたを苦しめた時の事を想って、弾《はじ》け歎《なげ》くに違い無い……父は今調べ物に気を取られております、さ、どうぞお休みになって――父の事でしたら、ここ三時間は大丈夫、御安心なさいまし。

ファーディナンド　ああ、お志は有難いが、日の沈む前に、言い附かった事を片附けられますかどうか。

ミランダ　そこに休んでいて下されば、その間に私が代って運びます、どうぞそれを、私が積んで参りましょう。

ファーディナンド　何をおっしゃる——たとえこの腕の筋が切れ、背中が張り裂けようと、あなたにこんな卑しい事をさせ、その間、ここにじっと坐りこんでいられますものか。

ミランダ　その仕事が私に似合わぬものなら、あなたにだって似合わぬはず、それに、私ならもっと楽に出来ます、同じ事でも喜んでやりますもの、あなたのようにしたくない事をするのとは違います。

プロスペロー　（傍白）哀れな奴だ、恋の虫に蝕《むしば》まれたか、こうして様子を見に来るというのもその証拠だ。

ミランダ　見るからに疲れておいでのよう。

ファーディナンド　いいえ、決して、寧《むし》ろ爽《さわ》やかな朝の気が身内に溢《あふ》れております、夜よなかでもあなたが側《そば》にいて下されば。よろしかったら——実は祈りの時に使わせて頂きたいのですが――お名前を教えて下さいませんか？

ミランダ　名はミランダ――ああ、お父様、お言い附けに背《そむ》いてつい名乗ってしまいました！

ファーディナンド　ミランダ、事実、その名の通り讃《ほ》め称《たた》えずにはいられない、この世のどんな宝物《たからもの》にも優《まさ》る……きょうまで数多くの女性がこの目を虜《とりこ》にし、その声の美しい音色《ねいろ》がたわいもなくこの耳を痺《しび》れさせて来ました、またそれぞれの取柄の故《ゆえ》に幾人《いくたり》かの女に気を取られもしました――が、それも心の底からと言うのではなく、目に附いた何かの疵《きず》が折角の美点と折合わず、それを台無しにしてしまうのです……しかし、あなたは、ああ、あなただけは、一点非の打ち処が無い、他に較べようが無い、この世の被造物のこの上無い良い処ばかりを蒐《あつ》めて造られている。

ミランダ　私は女の人を一人も知らない、女の顔と言えば物心づいて以来、ただ鏡に写る自分の顔しか憶《おぼ》えておりませぬ、それに男の人と呼べる者はあなただけしか、ええ、それから父上と、お二人だけしか知らないのです、外の土地では人はどのような姿形をしているものか、私には何も解《わか》りませぬ、でも、自分の操《みさお》に賭《か》けて――（口ごもる）それだけが唯《ただ》一つの私の宝物――それに賭けて申します、始終一緒にいたいと思う方は、あなたの外この世におりませぬ……心に任せてどのような姿でも思い描いて見よと言われても、あなたの外に好もしい人が思い附こうはずが無い……ああ、でも、お喋《しゃべ》りが過ぎ、つい慎みを忘れました、父の言い附けを忘れて。

ファーディナンド　私は、身分を言えば王子です──ミランダ──いや、王かも知れない、(そんな事にならぬように！)いずれにせよ、堪えられぬ事だ、このような薪運びの奴隷《どれい》仕事は、言わば青蠅《あおばえ》が口に卵を生み附けるのを我慢しているようなもの……その魂の声を聴いてやって下さい……お姿を一目見た時、私の心はあなたの足下《あしもと》に身を投げ出し、お側にあって奴隷の勤めを果せと私に命じたのです、あなたのためなのだ、今こうして丸太運びに堪えているのは。

ミランダ　私を愛して下さいますか？

ファーディナンド　おお、天に誓って……いや、天と地に、私の言葉の証人になって貰《もら》いましょう、そして私の言う事に嘘《うそ》偽りが無ければ、それを嘉《よみ》してこの頭上に恵み深き賜物《たまもの》を……が、もしそれが好《い》い加減な出たらめならば、予《あらかじ》め私に定められているどのような幸いをも禍《わざわ》いに転じて下さろうと厭《いと》いませぬ……誓います、この世の在りと在らゆるものにもまして、あなたを愛し、敬い、慈《いつく》しみます。

ミランダ　愚かな私、嬉《うれ》しいのに泣いたりして。

プロスペロー　(傍白) 類《たぐ》い無き二つの愛情の麗《うるわ》しき出遭《であ》い、天がその恵みの雨を二人の間に芽生ゆるものの上に注ぎ給わん事を！
ファーディナンド　何をそのようにお泣きになる？
ミランダ　己《おの》れの足らなさを、この身には何も備わっていない、何か差上げたいと思っても、ましておねだりする事など思いも寄りませぬ、死ぬほど欲しいと思っている事も……でも、こんな取止めの無い話は――それに、隠そうとすればする程、却《かえ》って現われるもの……小賢《こざか》しい羞《はじら》いは投げ捨てましょう、そしてこの身を工《たくみ》を知らぬ素直な心に委《ゆだ》ねましょう……私をあなたの妻に、もしそのお気持がおありなら。お厭なら、娘のまま死ぬまでお側に仕えさせて頂きます、生涯の伴侶《はんりよ》として受容《うけい》れて下さらなくても、せめて婢《はしため》になりたい、あなたがどうお思いになろうと。
ファーディナンド　（膝まずいて）あなたこそ――私の命よりも！　こうしていつまでもあなたの足下に。
ミランダ　それなら私を？
ファーディナンド　心から、囚《とらわ》れの身が縛《いまし》めを解かれる程の喜びを以て、さあ、この手を。
ミランダ　そして私のも、その中に私の心を籠《こ》めて、では、今はこれで、いずれ半時間後に。

ファーディナンド　御機嫌《ごきげん》よう、百たびも千たびも。（ミランダ去る、ファーディナンドも丸太を取りに去る）

プロスペロー　私には二人程には喜べぬ、いずれにとってもすべては思い掛けぬ事なのだからな、が、その私にしてもこれほど嬉しい事は無い……さあ、魔法の書物に相談する事にしよう、まだ夕食前に片附けて置かねばならぬ大事な事がある。（岩屋に入る）

6　〔第三幕　第二場〕

島の入江

一方は陸の方から緩《ゆる》やかな傾斜になっており、他方は小さな洞窟《どうくつ》のある崖《がけ》。
ステファノー、トリンキュロー、キャリバンが洞窟の入口の処《ところ》に坐り、酒を飲んでいる。

ステファノー　うるさい――樽《たる》が空《から》になったら、水を飲めばいい、それまでは水なんか真平だ、さあ、帆を上げろ、敵船を乗取れ。やい、化物の小使、俺のために乾杯しろ。

トリンキュロー　化物の小使か！（ステファノーに乾杯する）素頓狂《すっとんきょう》なるこの島のため

に！　棲《す》んでいるのは五人だそうだ、俺たちがそのうちの三人——これで残りの二人が俺たちと同じ程度の頭しか授かっていねえとすると、この国はふらふらだぞ。

ステファノー　化物の小使め、俺が飲めと言ったら飲め。貴様の目玉はすっかり頭の中にめり込んでしまっているぞ。

トリンキュロー　目玉はそのほか何処《どこ》に居所があるんだ？　尤《もつと》も尻尾《しつぽ》に附いていれば、こいつはまた素敵な化物になるんだがな。

ステファノー　吾《わ》が輩の化物は舌を酒に溺《おぼ》らせてしまったらしい、俺の方は海にだって溺れはしねえ——泳いだの泳がないの、陸に着くまでたっぷり三十五リーグ、流されたり進んだりな。この光に賭《か》けて、俺は貴様を副官にしてやる、おい、化物、それとも旗手にしてやるか。

トリンキュロー　その気があるなら、まあ副官だね——旗を持って凜々《りり》しく立っている柄じゃねえ。

ステファノー　といって、俺たちは決して逃げも走りもしねえぞ、化物殿。

トリンキュロー　かといって、歩けもしねえ、ただ犬のように嘘《うそ》べっているだけだ、いや、嘘も言えずに黙《だん》まりを決め込んでいる。

ステファノー　やい、片端、一言でいいから何か言え、いやしくも一人前の片端ならな。

キャリバン　大将様、御機嫌《ごきげん》はどうだね？　お前さんの靴を嘗《な》めさせておくれ、俺はあいつの家来じゃない、あいつは一寸《ちょっと》も強くないもの。

トリンキュロー　嘘をつけ、何も解らない癖に、この化物め、俺はいざとなればお巡《まわ》りと組打ちだって出来るんだ、何だ、この酔いどれの魚の化物め、もし俺が弱虫なら、きょう飲んだくらい飲めると思うのか？　貴様、化物並みのどえらい嘘をつく気か、半分魚で半分化物でしかねえ癖に？

キャリバン　ほれ、あいつ、ああして俺を馬鹿にする！　旦那《だんな》様、放って置くのかい、あれを？

トリンキュロー　「旦那様」と来た！　化物の癖に馬鹿に月並みな事を言うじゃねえか！

キャリバン　ほれ、また！　あいつを嚙《か》み殺してくれ、頼むよ。

ステファノー　トリンキュロー、舌の動かし方に精々気を附ける事だ、どうしても謀反《むほん》が起したければ――それ、その木を見ろ、縛り首だぞ！　この化物は俺の家来だ、嘲弄《ちょうろう》されるのを黙って見過す訳には行かん。

キャリバン　旦那様にお礼を言うよ……良かったら、頼みたい事があるんだが、先刻《さっき》言いかけた願い事、もう一度聴いて貰《もら》えないかね？

ステファノー　良いとも、膝《ひざ》まずいて、もう一度言って見ろ。俺は立っていよう、トリンキュロー、お前もそうするんだ。（キャリバンは膝まずき、ステファノーとトリンキュローはよろめきながら立上る）

エーリアルが姿を隠して登場。

キャリバン　先刻言ったように、俺の主《あるじ》は悪党だ――その上、魔法使で法術を使って俺からこの島を瞞《だま》し取ったんだ。
エーリアル　嘘をつけ。
キャリバン　（トリンキュローの方を振り向き）お前こそ嘘をつけ、この道化猿め、俺の偉い御主人様が貴様を打殺してくれるといいんだがな、俺は嘘などつくもんか。
ステファノー　トリンキュロー、もしこれ以上、こいつの話の邪魔をすると、この手に賭《か》けて言って置く、貴様の歯を二、三本へし折ってくれるぞ。
トリンキュロー　何だと、俺は何も言いはしねえ。
ステファノー　それなら口を閉《し》めて置け、もう何も言うな、（キャリバンに）先を話せ。
キャリバン　で、その法術で、奴はこの島を手に入れた――俺のを取上げたんだ……もし、大将様がその敵《かたき》を打ってくれたら――お前さんなら出来るもんな、でも、こいつは駄目だよ――

ステファノー　違いねえ。

キャリバン　そしたら、お前さんをこの島の王様にして、俺は家来にならあ。

ステファノー　ところで、どうしたら出来るんだ、それは？　お前、俺をそいつのいる所へ案内出来るか？

キャリバン　出来るとも、旦那様、奴が眠っている処をお前さんに引渡すんだ、後はお前さんがそいつの頭に釘《くぎ》を叩《たた》き込めばいい。

エーリアル　嘘をつけ、そんな事が出来るものか。

キャリバン　やい、この斑服《まだらふく》の阿呆《あほう》め！　しょびたれた継ぎはぎの……頼むよ、大将様、こいつをぶんなぐって、酒瓶《さかびん》を取上げてしまってくれ、あれが無くなれば、奴め、塩水しか飲めないいや、清水の出る処は、俺、教えてやらないもんな。

ステファノー　トリンキュロー、これ以上深入りすると危ないぞ、もう一言でも化物の話の邪魔をして見ろ、俺は、この手に賭けて言って置く、慈悲もへったくれもあるもんか、貴様を干鱈《ひだら》よろしくのしてしまうぞ。

トリンキュロー　何だと、俺がどうしたと言うんだ？　何もしはしねえ、とにかく、もっと離れている事にするよ。
ステファノー　こいつに嘘をつけと言ったろう？
エーリアル　嘘をつけ。
ステファノー　俺が嘘をついたと？　これでも食らえ。（殴《なぐ》る）これが好きなら、もう一度俺に向って嘘をつけと言って見る事だ。
トリンキュロー　俺はそんな事言いはしねえ、気でも狂ったのか、それで耳までおかしくなったんだろう？　糞忌々《くそいまいま》しい酒瓶め！　これもみんな酒のせいだ、疫病に取憑《とりつ》かれてしまえ、この化物め、悪魔に指をもがれてしまいやがれ！
キャリバン　へ、へ、へ！
ステファノー　さあ、話の続きをしろ……おい、もっと離れているんだ。（トリンキュローを脅《おど》す）
キャリバン　うんとこさぶんなぐってやってくれ、直ぐ後で、俺もぶんなぐってやる。
ステファノー　離れていろ、さあ、続けた。
キャリバン　ええと、先刻言った通り、いつもの決りで午後には奴《やっこ》さん昼寝をする、その隙《すき》に奴の頭をどやしつけるんだ、ただしその前に魔法の本を取上げて置いてな、尤も丸太で頭蓋骨《ずがいこつ》を叩き潰《つぶ》そうと、杭《くい》を土手腹《どてっぱら》に突刺そうと、匕首《あいくち》で咽喉笛《のどぶえ》を掻《か》き切ろうと、お前さんの勝手だ……いいかね、とにかく本を取上げて置くんだぞ、本さえ無ければ、奴はただの朴念仁《ぼくねんじん》、俺と一寸も変りはしねえ、妖精《ようせい》一匹思う通りに動かせはしないのさ、妖精どもはみんな奴を腹から憎んでいる、それは俺と同じだ……本さえ焼いてしまえばいい。それと、奴は素晴らしい道具を持っている――奴はそう言っている、道具だとさ――家を拵《こしら》えたら、それで飾り附けをするそうだ……それから、何より一番に考えて置かねばならない事がある、それは奴の娘が滅法綺麗《きれい》だという事だ……奴は自分でも娘の事を比類無しと言っている、俺は女というものを見た事が無い、見たと言えばお袋のシコラクス、それとあの娘《こ》だけだ、だが、あの娘の方がずっと綺麗だね、月と鼈《すっぽん》の違いだよ。

ステファノー そんなに素晴らしい女《あま》っ子《こ》か？

キャリバン そうとも、旦那様、あれならお前さんの寝床には持って来いだ、間違いねえ、素晴らしい子供を生んでくれるよ。

ステファノー 良し来た、化物、俺はそいつを叩き殺してやる、その娘と俺とがこの島の王様とお妃《きさき》様だ――両陛下万歳……それからトリンキュローとお前は王様代理にしてやる……どうだ、この筋書は、トリンキュロー？

トリンキュロー 文句無しだね。

ステファノー　さあ、その手を――殴《なぐ》って済まなかった、だが、今後生きている限り、舌の使い方にはくれぐれも気を附けろよ。

キャリバン　半時間も経《た》たねえうちに、奴は眠り込むだろう。そしたら、お前さん叩き殺してくれるだろうね？

ステファノー　勿論《もちろん》だ、俺の名誉に賭けてな。

エーリアル　（傍白）委細を早速お知らせして来よう。

キャリバン　お前さんのお蔭《かげ》で、すっかり好い気分になってしまった、嬉《うれ》しくて仕様がねえ、大いに浮かれようよ……あの追掛け歌をやってくれないか、先刻教えてくれた奴をよ？

ステファノー　外でもねえ、お前の頼みとあれば、化物、何なりとも適《かな》えてやる、筋道の通った事ならな、さあ、トリンキュロー、歌って聴かせてやろう。（歌う）

　嗤《わら》おうと　嘗《な》めようと　嘗めようと　嗤おうと
　腹で思う分には　意のまま　気まま

キャリバン　節が違っている。

　エーリアルが小太鼓と笛を奏する。

ステファノー　あれは何だ？
トリンキュロー　（あたりを見廻し）俺たちの歌の節だよ、例の本屋の看板にある胴無し人形が鳴らせているんだろう。
ステファノー　（拳《こぶし》を振上げ）やい、人間なら、人間様の恰好《かっこう》をして現われろ、それとも悪魔か、それならどうとも勝手にしやがれ。
トリンキュロー　（べそを掻《か》き）おお、どうぞ手前の罪をお許し下さいまし！
ステファノー　死ねば借金も帳消しって言わあ、悪魔も糞《くそ》もあるものか、（急に勇気が挫《くじ》け）どうぞ御慈悲を！
キャリバン　お前さん、怖《こわ》いのかい？
ステファノー　何を、化物め、怖がってなどいるもんか。
キャリバン　怖がる事は無いよ――この島はいつも音で一杯だ、音楽や気持の良い歌の調べが聞えて来て、それが俺たちを浮き浮きさせてくれる、何ともありはしない、時には数え切れない程の楽器が一度に揺れ動くように鳴り出して、でも、それが耳の傍《はた》でかすかに響くだけだ、時には歌声が混じる、それを聴いていると、長いことぐっすり眠った後でも、またぞろ眠くなって来る――そうして、夢を見る、雲が二つに割れて、そこから宝物がどっさり落ちて来そうな気になって、そこで目が醒《さ》めてしまい、もう一度夢が見たくて泣いた事もあったっけ。

ステファノー　俺には素晴らしい領土だ、ただで音楽が聴けるんだからな。

キャリバン　プロスペローを叩き殺してしまえばな。

ステファノー　それも直ぐだ、お前の話は憶《おぼ》えている。

トリンキュロー　音楽が段々遠くなる。あれを附けて行こうよ、その後で仕事を片附けよう。

ステファノー　案内しろ、化物、先に立て、何とかしてあの小太鼓を打っている奴を見たいもんだな——盛んなもんだ。

トリンキュロー　さあ、早くしないか？　俺は後から行くよ、ステファノー。〔一同、エーリアルに随《したが》って入江の坂を登って行く〕

7　〔第三幕　第三場〕

プロスペローの洞窟《どうくつ》の上

崖《がけ》の頂に近い、科木《しなのき》の森。アロンゾーの一行が疲労困憊《こんぱい》の態《てい》にて、木々の間を歩いている、最後に遅れてゴンザーロー。

ゴンザーロー　後生《ごしょう》にももうこれ以上は動けませぬ。老いの身の骨の髄まで痛みます、これは文字通りの迷路で、真直ぐ行ったかと思うと曲りくねり、そんな事の繰返しばかり、恐れ入りますが、どうぞ休ませて下さいまし。

アロンゾー　ゴンザーロー、その年では無理も無い、私でさえすっかり疲れ果て、心の働きも全く鈍ってしまった、腰を下ろして休むがよい……（アロンゾー、ゴンザーロー、エイドリアン、フランシスコーの四人は腰を下ろす）今となっては私も希望の衣を脱ぎ捨てねばなるまい、とかくそれを着せたがる追従者《ついしょうもの》のために、そんなものをいつまでも取って置く事は無い、ファーディナンドは溺《おぼ》れて死んだのだ、こうして皆で捜し歩いては見たものの、海はその陸の上の徒労を嗤《わら》っている……さあ、もう諦《あきら》めるのだ。

アントーニオー　（セバスティアンと共に彼らから離れて立ったまま）（大いに結構、王はついに諦めた、それはそれ、一度しくじったからといって目的を捨ててはならない、腹に決めた事は決めた事だ）

セバスティアン　（今度機会が巡《めぐ》って来たら、ごっそり頂戴《ちょうだい》しようではないか）

アントーニオー　(今夜だな、というのは、皆動き廻ってくたびれている、用心してはいまい、また出来もしまい、元気な時とは違う)

セバスティアン　(良し、今夜だ、もう言うな)

厳《おごそ》かな不思議な音楽と共に、プロスペローが崖の頂に現われる、が、一同には姿が見えない。

アロンゾー　あの楽の音は?　それ、あれを?

ゴンザーロー　真《まこと》に妙《たえ》なる音色《ねいろ》で!

為《え》態《たい》の知れぬ異様な姿をした者が幾人か現われ、宴の卓を運び入れると、その周囲を揃《そろ》って優雅な会釈《えしやく》を送りつつ踊り、アロンゾーたちを食卓に招くしぐさをして退場。

アロンゾー　何卒《なにとぞ》天の御加護を、これは一体何事だ?

セバスティアン　生きている操《あやつ》り人形でしょう、こうなると一角獣の話も信じたくなる、アラビアにはフェニックスの棲《す》む一本の木があって、その一羽のフェニックスが今でもその地を支配していると言いますが、それも本当かも知れぬ。

アントーニオー　いずれも信じますよ、その外どんな確証の無い事でも、遠慮無くおっしゃって下さい、誓って皆事実だと申上げましょう、旅行者の話は嘘《うそ》ではない、ただ自分の国から一足も出た事の無い阿呆者だけが何の彼《か》の文句を附けるだけですよ。

ゴンザーロー　もしナポリへ帰れて、この話をすれば、国の者は私を信じてくれましょうか？　幾ら私がこの島の土民はこうこうだったと言った処で——いや、あれは確かに島の住民で、化物じみた姿をしてはおりますものの、皆さんお気附きでしょうが、あの行儀作法は真に優しく丁重なもの、吾々《われわれ》の国でもあれに及ばぬ者は幾らも居ります、いや、皆適《かな》わぬ。

プロスペロー　（傍白）さすが正直者だ、良く言った、そこにいる連中の中にも……悪魔より劣る者もいる。

アロンゾー　全く恐れ入った、あの姿、あの身振り、あの音楽、それがまた——一言も物は言わぬのに——声無き無上の言葉を語り表わしている。

プロスペロー　（傍白、不気味な笑いを浮べ）褒《ほ》め言葉は最後まで取って置け。

フランシスコー　姿を消す時も真に見事でしたな。

セバスティアン　そのような事はどうでも良い、食う物だけは残して行ってくれたからな、とにかく腹が減って、どうにもならぬ……（物欲しげに食卓を見廻す）如何《いかが》です、召上りませんか、何なりと?

アロンゾー　いや、止《や》めて置こう。

ゴンザーロー　決して御心配は要《い》りませぬ……私ども、子供の頃、誰が信じなど致しましたか、世に山男なる者があって、牡牛《おうし》のように咽喉《のど》の皮が垂れ下っており、そこが肉の袋になっているとか、人種によっては胸の真中に頭が附いているとか、よく聞かされたものですが? それが当節では、見知らぬ国へ旅に出掛けるのに無事に戻って来たら五倍の賭金《かけきん》を貰《もら》うという冒険家が出て参り、子供の頃の話が満更嘘では無いと言い張ります。

アロンゾー　食べる事にしよう、それを口にしてもしもの事があろうと構わぬ――どうなろうと、過去の幸《さち》多き日々が二たび私に恵まれようとは思えぬ……弟、それにミラノ公も、さあ、食卓へ、私と一緒に。(アロンゾー、セバスティアン、アントーニオー、それぞれ腰を下ろす)

雷鳴と稲妻《いなずま》。エーリアルが登場、顔と体が女で、鷲《わし》の翼《つばさ》と脚を持った怪獣ハーピーの姿をしている。食卓の上に飛上り、翼をはためかせると、巧みな仕掛けにより、卓上の食べ物が消え去る。

エーリアル　お前ら三人いずれも罪人《つみびと》ばかり、運命の神が何でそれを見逃《みのが》すものか、この世の在りと在るものがその意のままになる、飽く事を知らぬ海にまでお前らを吐き出させ——あまつさえ人の子一人棲《す》まぬこの島に誘《おび》き寄せたのも、お前ら程の悪党はいない、この世に生かして置く値打ちが無いからだ、（三人抜剣する）それ、その通り、気が狂ったのもこちらの術に掛っての事、そうした向う見ずの狂暴が首吊《くびつ》りや身投げに人を追い遣《や》るのを知らぬのか、（三人打掛ろうとするが、法術のため身動き出来ぬ）愚かな奴らだ！　この私も仲間の者も運命の神の使わしめだぞ。この世の物で鍛えたその鈍刀《なまくら》では、精々猛《たけ》り喚《わめ》く風に手傷を負わせるか、幾ら刺されても嘲笑《あざわら》って直ぐまた傷口を閉じてしまう水を斬《き》り責《さいな》むか、その位が関の山、この翼を鎧《よろ》う羽毛一枚断ち切る事が出来るものか、仲間の者たちも同様不死身だ、たとえ斬れた処で、それ、その剣の重さ、お前らの力では一分でも持上げられるものではない……だが、憶《おも》い出して見るが良い（そのために私は遣《つか》わされたのだ！）お前ら三人、嘗《かつ》てミラノから罪も無いプロスペローを追出し、海に流した——その海に見事仇《あだ》を討たれたのだ！——気の毒なのはプロスペローと何も知らぬその娘、この邪《よこしま》な行いに天罰が下らずにいるものか、遅れはしても、忘られようはずが無い、天は海と陸とを怒らせ——いや、自ら造り給うた森羅万象《しんらばんしょう》を動かして、お前らを苦しめ給うたのだ……お前の息子だが、アロンゾー、あれの命も召し給うた、そのお告げを私の口から聴くが良い、生殺《なまごろ》しの地獄の責め苦が（その恐ろしさは一思いの死など較《くら》ぶべくもない！）それが絶え間無く執拗《しつよう》に今後のお前らに附纏《つきまと》うであろう、その怒りから免れたいとあれば――この荒れ果てた孤島に逃げ場は無い、このままではその頭上に降りかからざるを得まいが――唯一《ゆいいつ》の救いの道は改悛《かいしゅん》の悲しみとそれに続く穢《けが》れ無き日々の暮しにあろう。

エーリアル雷鳴と共に消え去る、続いて静かな音楽が聞え、先刻の異様な姿をした者たちが二たび現われ、嘲《あざけ》るような顰《しか》め面《つら》をしながら踊り、食卓を運び去る。

プロスペロー（傍白）見事だ、エーリアル、怪獣ハーピーの役、申し分無くやってのけたぞ――なかなか気がきいていたな、食い物をさらって行く処も、私の指図《さしず》通り、一つ残さず言うべき事も言ってくれた、それに、あの小者どもまで生き生きと、しかも良く言い附けを守って、それぞれの務めを果したのには感心した、私の法術が威力を現わし、この身に仇《あだ》なした輩《やから》を縛り附け、奴らはすっかり狂乱の態《てい》、今や悉《ことごと》く吾が掌中に在る。さて、連中をこのままにして置き、若者のファーディナンドの様子を見て来よう――皆、

溺れ死んだとばかり思い込んでいるが――あれと私のかわゆい娘の処へ。（退場）

ゴンザーロー　これはまた一体、どうしてそのようにお目を据えて？

アロンゾー　おお、奇怪な……何という奇怪な事が……或《あるい》は波が声を発して吾に語り掛け、風が歌に託して事を告げたとしか思われぬ……そしてあの雷《いかずち》が底深い恐怖の轟《とどろ》きに載せてプロスペローの名を伝える、その低音が私の裏切りの罪を鳴らし続けていた。どうやら息子は海底の泥に埋《うず》もれているに違いない、この身も吾が子を探し求めて、水量《みずかさ》を測る鉛も届かぬ深みに身を沈め、共に泥にまみれて死んでしまいたい。（海の方に駆け去る）

セバスティアン　悪魔も一匹宛《ずつ》なら、幾らでも片端から相手になってやる。

アントーニオー　後見役を承ろう。（二人、抜身のまま、狂ったようにアロンゾーを追って退場）

ゴンザーロー　三人とも、吾を忘れておいでになる、昔犯した大罪が、後になって効《き》き目を現わす毒のように、今になってその魂を蝕《むしば》み始めたのだ、皆さん、お願いだ、私よりは余程脚腰《あしこし》がしっかりしておいでだろう、早く三人の後を、抑えて下さらぬと、あの有様では無我夢中、何をしでかすか解らぬ。

エイドリアン　では、お先に、必ず後から。（一同、三人を追って退場）

〔第四幕　第一場〕

8

プロスペローの岩屋の前

プロスペローがファーディナンド、ミランダと共に洞窟《どうくつ》から出て来る。

プロスペロー　余りにも厳《きび》しく責《さいな》み過ぎたかも知れぬが、その償いは十分であろう、私が今お前に与えたものは己《おの》が命の三分の一に値する、いや、そのためにきょうまで生きて来たものなのだ、それを改めてお前の手に委《ゆだ》ねる……今までの苦痛はすべてこれへの愛の深さを試《ため》すために課したに過ぎぬ、お前は立派にその試煉《しれん》に堪《た》えた、ここに、天も照覧あれ、この吾が宝を贈り物として遣《つか》わそう、おお、ファーディナンド、吾が子を誇るこの身を笑うてくれるな、やがて解ろう、如何《いか》なる褒《ほ》め言葉もこれの真価には及びも着かぬ事が。

ファーディナンド　お言葉通りに信じます、たとえそれが神託に反したものであろうと。

プロスペロー　では、私の贈り物として、且《か》つまた己《おの》が徳にふさわしくも捷《か》ち獲《え》た賞として、私の娘を受けてくれ、が、もしお前がこの子の操《みさお》の帯を、聖なる式が滞り無く済む前に解き破りでもしようものなら、天は男女の結び附きを寿《ことほ》ぐ恵みの露を下し給わぬであろう、それ処か、荒地の如《ごと》き憎しみ、蔑《さげす》みの眼《まなこ》、そして絶ゆる事無き不和が、二人の新床《にいどこ》に花ならぬ醜き雑草を撒《ま》き散らし、お前たちはそれを見るのも厭《いと》わしく思うようになる、それ故《ゆえ》、くれぐれも心せねばならぬ、ハイメンの掲げる婚礼の炬火《たいまつ》に行く道を照らして貰いたいならばな。

ファーディナンド　私の夢は静かなる日々と頼もしき子孫と長命のうちに、この愛情をそのまま保ち続ける事にあります、とすれば、暗黒の洞穴《ほらあな》、人目を掠《かす》める絶好の場所に出遭《であ》い、如何《いか》に狡智《こうち》に長《た》けた悪霊《あくりょう》の唆《そそのか》しを受けましょうとも、この聖なる心を邪《よこしま》な欲望によって乱し、来たるべき祝福の日の慶《よろこ》びを濁らせるような事は致しませぬ、ただその日ともなれば、私は日の神の駆る車の駒《こま》が脚を傷《いた》めたのか、夜を守る神が鎖に縛られたまま地下で身動き出来ずにいるのかと、逸《はや》る想いに悩まされる事でもありましょうが。

プロスペロー　見上げた心掛けだ、では、そこに腰を下ろし、娘と語り合うが良い、もはやお前のものだ……（二人の恋人が共に離れ、岩床に並んで腰を下ろすのを見遣り、杖《つえ》を振上げ）おい、エーリアル、吾が忠実な召使エーリアル！

エーリアル登場。

エーリアル　御主人様、お呼びでいらっしゃいますか？　ここにおります。
プロスペロー　お前は勿論《もちろん》、お前の子分どもも先刻《さっき》は見事に勤めを果してくれた、御苦労だが、お前にもう一度芝居を打って貰いたい、さあ、あの連中を連れて来い、（奴らには私が術を掛けて置く）直ぐ、ここへ、それも急いでな、実はこの若い男女に、私の法術を以《もっ》て幻の世界を見せてやらねばならぬ、そう約束したのだ、二人とも待っている。
エーリアル　今直ぐに？
プロスペロー　うむ、瞬《また》き一つし終えぬうちに。
エーリアル　呼び附け、言い附け、二息吐く間もあらばこそ、心配御無用……どいつもこいつも、ちんちんまごまご、しゃ面顰《つらしか》めて跳《と》んで来る……ところで、私をかわゆがって下さいますか、お師匠様？　それとも、私がお嫌《きら》いで？
プロスペロー　他に掛替え無い程に思うている、エーリアル……良いか、側《そば》へ来てはならぬぞ、呼ぶまではな。
エーリアル　はい、承知致しました。（消え去る）
プロスペロー　（ファーディナンドの方に向き）誓った言葉に背《そむ》くな、ふしだらに緩《ゆる》めてはならぬぞ、その手綱《たづな》を、如何に強い誓言も藁《わら》しべ同然、燃ゆる血の焔《ほのお》には敵《てき》せぬ、いやが上にも心するが良い、さもないと、己が誓いに永久《とわ》の別れを告げる事になろう。

ファーディナンド　御心配要《い》りませぬ、穢《けが》れを知らぬ白い肌《はだえ》は冷たい雪、私の心臓の上に降り積り、情念の焔《ほのお》も打ち消されましょう。

プロスペロー　よろしい……さあ、頼むぞ、エーリアル。幾らでも連れて来い、余る分には一向構わぬ、姿を現わせ、直ぐにも……口をきいてはならぬ……じっと見ていよ……静かに。（穏やかな音楽）

仮面劇が始まる。アイリス登場。

アイリス　セーレーズ、汝《なんじ》、穣《みの》りの女神《めがみ》、汝《な》が豊かなる畑には大麦、小麦、裸麦、蚕豆《そらまめ》、豌豆《えんどう》、烏麦《からすむぎ》、山々には緑の草食《は》む羊の群れ、平らなる牧場には冬の飼葉《かいば》、堆高《うずたか》き乾草《ほしくさ》あり、堤は、畦溝《あぜみぞ》、畝《うね》に添いて走り、雨多き四月は汝《な》が心のままに麗《うるわ》しく彩《いろど》る――それ正《まさ》に穢れ無き森の精らが冠を造るにふさわしく、またえにしだの繁《しげ》みありて、その影に好みて身を寄するは恋する女に捨てられし若者、汝《な》が葡萄畑《ぶどうばたけ》は蔓纏《つるまつわ》りて棚《たな》を成す、荒れ果てし磯《いそ》、波打ち砕くる堅《かた》き巌《いわお》こそ汝《な》が憩《いこ》い地《ち》の――されど彼《か》の大空の妃《きさき》ジューノーは命じ給う、吾はその使者、七色の橋渡す虹《にじ》のアイリス、妃の御言葉を汝に伝えん、直ちに汝が棲処《すみか》を去り、妃の御心を迎え、草繁きこの地を選び、共に来たり遊ぶべし、妃の車引く孔雀《くじやく》の翼は早し、（ジューノーの車が天空に現われる）いざ、来たれ、豊穣《ほうじよう》の女神セーレーズ、妃を持て成せ。

セーレーズ登場。

セーレーズ　おお、七色の御使者、天帝ジュピターの妃に背《そむ》きし事無き忠実なる虹の神、そのサフラン色の翼より、吾が草花に甘露の雨を恵み、紫に霞《かす》む弓は高く弧を描き、森と荒れ野の別無く、その頭を飾る冠となり、裳《もすそ》は豊かに垂れて吾が矜《ほこ》り高き大地を包む……汝《な》が妃、吾をこの緑なす芝地に招き寄す、その故《ゆえ》は？

アイリス　真《まこと》の愛の誓いを寿ぎ、幸深き男女の上に祝いの品を雨霰《あめあられ》と浴びせ掛けんため。

セーレーズ　大空に懸る弓、虹の神に問う、ヴィーナスとその率《ひき》いる童《わらべ》キューピッドとは、定めし汝の知る処《ところ》ならん、今、妃の伴《とも》として来るや否《いな》や？　彼の二人、嘗《かつ》て策を弄《ろう》し、吾が愛娘《まなむすめ》ペルセフォネを黄泉《よみ》の国の王プルートーに奪わしめしより、吾は彼の女神とその盲目《めしい》の童《わらべ》と、忌《いま》わしき交りを絶ちしなり。

アイリス　ヴィーナスとの出遭いを気遣《きづか》うなかれ、吾、女神に遭いしに、雲間を分けてその聖地ペィフォスに赴《おもむ》く途次にて、彼の童キューピッドも鳩車《きゆうしや》を駆りて女神に随《したが》う、初めは共にこの地に留まり、この若者と生娘《きむすめ》に淫《みだ》らなる呪《まじな》いを掛けんと思いしに、男女の心は固く、ハイメンの霊火を見るまで共寝はすまじとの誓い遂《つい》に破り難く、軍神マルス寵愛《ちようあい》の情深き女神もさすがに諦《あきら》め、その踵《くびす》を返して去り行きぬ――伴の童のキューピッドも逸る心の矢をへし折り、以降二度と弓に手を触れず、雀《すずめ》と戯《たわむ》れて童らしく日を送らんと叫びし由《よし》。

ジューノーが車より降り立つ。

セーレーズ　こよ無く尊き妃、大いなるジューノー現われ給う、紛れも無きその足取り。

ジューノー　おお、吾が妹、豊穣の神セーレーズ、吾と共に来たりて、彼の若き男女、行く末の幸多く、孫子も国の誉れと仰がるるよう、いざ寿ぎ給え。（歌う）

富、誉れ、清き契《ちぎ》りの幸《さち》受けよ
そを永久《とわ》に保ち、いや増し、睦《むつ》み合え
翳《かげ》り無き喜び、常に汝《なれ》らが上に！

ジューノーの寿《ことほ》ぎ、常に汝らが上に

セーレーズ（歌う）

豊かなる大地の穣《みの》り、ふところに
納屋《なや》のうち倉の中、満ち溢《あふ》れいて
葡萄《ぶどう》は延び行く蔓《つる》に房《ふさ》をなし
畑々は重き穂波のたわわなれ
遅くとも初子《ういご》は春に儲《もう》くべし
収穫《とりいれ》の秋の末にはその春を！
貧窮の汝らに触るるをゆめ許すまじ
セーレーズ、その寿ぎを汝らが上に

ファーディナンド　実に壮大な幻だ、それに心を魅するこの楽の音、確かにあれは妖精なのでしょうね？

プロスペロー　妖精だ、私が法術を以《もっ》て、その棲処《すみか》より呼び出し、即座の想い着きを演《や》らせて見せたまでだ。

ファーディナンド　私をここにいつまでも留まらせて下さいますよう――これ程の奇蹟《きせき》を行い得る智者を父と仰ぐ事が出来るなら、この地はさながら天国となりましょう。

（その時、ジューノーとセーレーズとが何事か囁《ささや》き交し、アイリスに用を言い附ける）

ミランダ　あ、静かに、ジューノーとセーレーズとが何か事ありげに囁き交しておりま す。

プロスペロー　まだ何かあるらしい、しっ、黙って、さもないと私の術が破れる。

アイリス　汝らニンフ、うねり流るる川の精、菅《すげ》にて編める冠を戴《いただ》き、罪無き面《おもて》を輝か す、今ぞ汝らが小波《さざなみ》立てる川面《かわも》を去りて、この緑の芝地に来たり集まれ、ジューノー自 ら命じ給わん……いざ、穢《けが》れ無きニンフら、来たり助けよ、真の愛の誓いを寿がんがた め、急げ、遅るな。

ニンフたち登場。

アイリス　日焼けせる草刈の男の子《おこ》ら、八月の暑気を避け、畑を逃れてこの地に来たり、 きょうの一日《ひとひ》を楽しく過せ。仕事を休み、麦藁帽《むぎわらぼう》を頭に戴《いただ》き、おのがじし彼のニンフら の手を取り迎え、鄙《ひな》びたる郷土《くに》の手振りを踊り楽しめ。

草刈男たち、程良く着飾りて登場、ニンフたちの一群に加わり、優雅な踊りを見せる。その終り頃、プロスペローが突如口を開くや、楽の音が異様で空《うつ》ろな乱れを呈し、それと共にすべての幻影は物悲しげに消え失《う》せる。

プロスペロー　(独《ひと》り言《ごと》のように)　おお、すっかり忘れていた、例の悪だくみ、畜生のキャリバンとその仲間の奴らが私の命を狙《ねら》っているという、示し合せた刻限がどうやら迫って来たようだ、(妖精たちに)　良く出来た！　失せろ、もう良い。

ファーディナンド　これは只事《ただごと》ではない、お父上は何かひどくお怒《いか》りの御様子。

ミランダ　きょうまで父がこれ程に怒りを表に現わしたのを見た事がありませぬ。

プロスペロー　どうやらお前は興奮しているらしい、驚いたのであろう、さあ、元気を出せ、息子。余興はもう終った……あの役者どもは、先にも話しておいた通り、いずれも妖精ばかりだ、そしてもう溶けてしまったのだ、大気の中へ、淡い大気の中へ、が、あのたわいの無い幻の織物と何処《どこ》に違いがあろう、雲を頂く高い塔、綺羅《きら》びやかな宮殿、厳《いか》めしい伽藍《がらん》、いや、この巨大な地球さえ、因《もと》よりそこに棲《す》まう在りと在らゆるものがやがては溶けて消える、あの実体の無い見せ場が忽《たちま》ち色褪《いろあ》せて行ったように、後には一片の霞《かすみ》すら残らぬ、吾らは夢と同じ糸で織られているのだ、ささやかな一生は眠りによってその輪を閉じる……実は、今、私には気懸りな事がある。この弱気を許してくれ、老いた頭を悩ませているのだ、が、私の意気地の無さを気遣う事は無い。良かったら、私の岩屋に入り、休んでいるが良い。私はその辺を少し歩いて来よう、それで騒ぐ心も治まろう。

ファーディナンド
ミランダ　（退きつつ）どうぞお大事に。

プロスペロー　さあ、早く、私の胸にお前の姿が宿ったら直ちに姿を現わせ、エーリアル、さ、早く。

エーリアル登場。

エーリアル　片時もそのお胸の内から離れませせぬ。御用は？

プロスペロー　エーリアル……差当り必要な事はキャリバンを邀《むか》える用意だ。

エーリアル　その事です、御大将、先程セーレーズに化けておりました時、御注意申上げようと思いながら、却《かえ》ってお叱《しか》りを招きはせぬかと虞《おそ》れまして。

プロスペロー　もう一度、例の話を、あのごろつきどもを何処へ置いて来たのだ？

エーリアル　先程御報告申上げました通り、どいつもこいつも酒のため、真赤に燃え上っております——その勢いの凄《すさ》まじい事、何しろいきなり空に向って打掛る、それも風が頬《ほお》を撫《な》でたのが怪《け》しからんという訳です、地面が足の裏を嘗《な》めたと言っては地面を叩《たた》きつける、その癖、いつも首を集めては例の企《たく》み事《ごと》を相談している、そこで私は小鼓を鳴らしてやりました、奴らは驚いて、まだ人を乗せた事の無い仔馬《こうま》のように耳を聳《そばだ》てる、目を剝《む》く、鼻先を空に突出す、楽の音に匂《にお》いがあるとでも思っているらしい。私は早速奴らの耳に呪《まじな》いを掛けてやりました、すると奴らは仔牛よろしく親の私の鳴き声たより に、歯を剝く茨《いばら》や尖《とが》ったえにしだ、何でも彼でもお構い無し、こちらの思い通りに引擦《ひきず》り引廻され、奴らの薄い脛《すね》の皮は何処《どこ》も彼処《かしこ》も棘《とげ》だらけ、挙句《あげく》の果ては岩屋の後ろのあの腐った溝泥池《どぶどろいけ》の中に抛《ほう》り込んだままにして置きました、奴さんたち、それに腭《あご》まで漬《つか》って藻掻《もが》き廻る、お蔭《かげ》で穢《きた》ない沼がますます濁って来て、いつもの奴らの臭い脚よりもっと厭《いや》な臭《にお》いが辺《あた》りに立籠《たちこ》めております。

プロスペロー　良くやった、私の小鳥。その、人には見えぬ姿でもう暫《しばら》く動いていて貰《もら》いたい、例の、奥に蔵《しま》ってある見てくれだけの衣裳《いしょう》、ここへ持って来てくれ、山賊どもを掴《つか》まえる囮《おとり》にするのだ。

エーリアル　畏《かしこま》りました、直ぐにも。（退場）

プロスペロー　悪魔だ、生れながらの悪魔だ、あの曲った性根、躾《しつ》けではどうにもならぬ、私も随分苦労したが、それも奴のためを思えばこそ、が、何も彼《か》も無駄になった、全くの無駄だった——そして、年と共に、奴の体は醜くなり、それに連れて心も腐って行く……よし、奴らをさんざん痛めつけ、泣き喚《わめ》かせてやる事にしよう……

エーリアルが綺羅《きら》びやかな衣裳、その他を担《かつ》いで、二たび登場。

プロスペロー　さ、それをこの科木《しなのき》に掛けろ。

エーリアル、木に衣裳を掛ける。プロスペロー、エーリアル、その場に残っているが、いずれも姿は見えぬ形。そこへキャリバン、ステファノー、トリンキュロー、ずぶ濡《ぬ》れになって登場。

キャリバン　いいかね、そっと歩いておくれ、もぐらもちにも足音一つ聞えないようにな、もう直ぐそこが岩屋だ。

ステファノー　おい、化物、妖精は妖精でもお前の処のはいたずらしないと言っていたけど、あいつ俺たちを随分ひどい目に遭わせやがったな。

トリンキュロー　化物、俺は体中馬の小便臭くなっちまった、お蔭でこのお鼻様が大層御立腹だぞ。
ステファノー　俺だってそうだ……聞いているのか、化物？　万一、俺様の御機嫌を損《そこ》ねて見るがいい、それ。（短刀を抜く）
トリンキュロー　化物の死骸《しがい》になっちまうぞ。
キャリバン　（平つくばって）旦那様、御機嫌を直して下さいまし。どうぞ御勘弁を、どえらい宝物が直ぐお前さんの懐《ふとこ》ろに転げ込むようにしてやる、こんな災難なんか忽ち帳消しだ、だから、声を小さくしておくれよ――みんなまだ真夜中のようにしんとしているもの。
トリンキュロー　それにしても酒瓶《さかびん》を一つ残らず池の中に落しちまうたあ――
ステファノー　こいつは単に不面目、不名誉たるのみならず、おい、化物、莫大《ばくだい》なる損害というもんだ。
トリンキュロー　正にずぶ濡れ以上の大事件だ、これでもお前さん処の妖精はいたずらしないと言うのか、化物？
ステファノー　俺は瓶を捜して来る、耳の上まで漬ったたって構うものか。
キャリバン　お願いだ、王様、静かにしておくれよ……（洞窟《どうくつ》の方へ這《は》って行く）それ、御覧、ここが岩屋の入口だ……音をたてないで、さ、おはいり……さっきの善い悪い事をさっさと片附けておくれ、それでこの島はいつまでもお前さんの物になるんだ、それから俺は、お前さんのキャリバンは、いつまでもお前さんの足嘗《あしな》め奴隷だ。
ステファノー　その手をくれ。そろそろ血腥《ちなまぐさ》い気持になって来たぞ。
トリンキュロー　(科木《しなのき》の衣裳に目を留め)おお、ステファノー王、おお、王様！　(その長衣を掴み)おお、偉大なるステファノー王、これを、見事な衣裳部屋が吾が君の御用をお待ち申上げている！
キャリバン　放って置きな、この阿呆《あほう》め——そんな物は仕様が無いよ。
トリンキュロー　お、ほう、化物殿、(長衣を被《かぶ》り)古着となれば、俺たちは通だ。おお、ステファノー王！　(踊り上り、宙で両脚を素早く交叉《こうさ》させる)
ステファノー　それを脱げ、トリンキュロー。この手に賭《か》けても、そいつは俺が着る。
トリンキュロー　吾が君にお納め願いましょう。(厭々《いやいや》ながら脱ぐ)
キャリバン　水腫《みずぶく》れで破れちまえ、この阿呆め！　一体どういう気だよ、こんな厄介物に目をくれたりして？　何より彼《か》により人殺しを先に済ましちまう事だ、あいつが目を醒《さま》そうものなら、俺たちは頭の天辺《てっぺん》から爪先《つまさき》まで体中抓《つね》り廻される——そうなったら、全く見られたものじゃないからな。
ステファノー　静かにしていろ、化物。科木様、お訊《たず》ね申上げます、この毛皮は手前の下着じゃござんせんので？（長衣を身に着け）木の下で着れば、すべて、これ、下着なりと来た、といって、こうして日の下で着ても下着は下着、これはしたり、酒浸り、体中が燃え上って、お蔭で毛が抜け、禿頭《はげあたま》と来た。
トリンキュロー　（身震いして）その調子！……禿げた頭は良く冷える、冷えた頭でとっくり考え、ごっそり盗む、何でも彼でも御意のままと来た。
ステファノー　その洒落《しゃれ》、嬉《うれ》しく思うぞ、褒美《ほうび》にこの衣を遣《つか》わす、余がこの国の王たる間、ただで洒落は言わさぬぞ、「とっくり考え、ごっそり盗む」とは見事一本、さ、もう一枚、これを褒美に。
トリンキュロー　化物、その掌《てのひら》に黐《もち》を附け、一切合財持逃げと行け。
キャリバン　そんなもの一寸《ちょっと》も欲しくないや、ぐずぐずしていると、皆、鵞鳥《がちょう》にされちまう、さもなければ猿だ、あのお凸《でこ》の低い捻《ねじ》けた面附きの毛猿にな。
ステファノー　化物、手を貸せ、これを俺の酒樽《さかだる》の置いてある場所へ運ぶんだ、言う事をきかないと、直ちに追放に処する、さ、運べ。
トリンキュロー　それからこれもだ。
ステファノー　うむ、それからこれもな。（二人でキャリバンの背に積む）

〔Ⅳ-1〕8

　猟人の声が聞える。様々の妖精が猟犬の姿をして登場、三人を追廻す。プロスペローとエーリアルは犬をけしかける。

プロスペロー　掛れ、マウンテン、掛れ！

エーリアル　シルヴァー……そっちだ、シルヴァー！

プロスペロー　フューリー、フューリー……それ、タイラント、それ……おし、おし！

（キャリバン、ステファノー、トリンキュロー、追払われる）

プロスペロー　さあ、小鬼どもに言い附けて、奴らの節々をぎしぎし揉《も》んで、挽臼《ひきうす》の痛みを味わわせてやるのだ、節を引張り、老いぼれの腰曲りにしてやれ、処嫌《きら》わず抓《つね》り廻し、豹《ひょう》や山猫顔負けの痣《あざ》だらけにしてやるがいい。

エーリアル　あれを、奴らの喚き声が聞えます。

プロスペロー　逃《のが》すな、追え……今こそ私の意のまま、敵《かたき》は一人残らずこの掌《たなごころ》のうちにある、もう直ぐだ、私の仕事も万事形が附き、お前は心のままにいずこへなりと飛んで行けよう、もう暫《しば》く私に附き随い、勤めに精を出して貰《もら》いたい。（洞窟に入る）

9

プロスペローとエーリアル、直ぐ洞窟《どうくつ》から戻って来、少し休んだ後、プロスペローは魔法の衣を身に着ける。

前場に同じ

プロスペロー　遂《つい》に私の試みも峠にさしかかった、魔法は破れぬ、妖精《ようせい》どもは言い附けを守り、時はいとも軽げにその荷を運んで行く……何時になる？

エーリアル　もう直ぐ六時に……六時になれば、すべて目鼻が附くとおっしゃいました。

プロスペロー　そう言った、始めあらしを起した時にな……処《ところ》で、王とその従者たちはどうしている？

エーリアル　一所《ひとところ》に集めて置きました、お指図通り、先刻《さつき》術をお掛けになったままにしてあります――いずれも囚《とらわ》れの身、この岩屋の風を防ぐ科木《しなのき》の森の中に。術をお解きになるまで身動き一つ出来ませぬ、ナポリ王、王の弟、そしてあなたの弟さんのミラノ公、三人ともに狂乱の態《てい》、他の者はそれを見て悲歎《ひたん》に暮れ、ただもううろたえ騒ぐばかり、殊《こと》にお話の「心正しき老ゴンザーロー」ですが、涙が髯《ひげ》を伝わり、恰《あたか》も冬場、茅《かや》の屋根の氷柱《つらら》から滴《しずく》がしたたり落ちるが如き有様……呪《まじな》いの効《き》き目は真《まこと》に凄《すさ》まじく、今それを御覧になれば、お心も和《なご》み、一同を憐《あわ》れに思召《おぼしめ》す事でございましょう。

プロスペロー　本当にそう思うか？

エーリアル　はい、きっと、もし私が人間でしたら。

プロスペロー　私も恐らく……お前が——空気に外ならぬお前まで——あの連中の苦痛に憐みを懐《いだ》く、それをどうしてこの私が、同じ人間で連中と同じ感覚を備え、激しく悩みを感じる私が、情けにかけてお前に劣るはずがあろうか？　なるほど、あれたちの不埒極《らちきわ》まる仕打ちは私の骨身に応《こた》えている、が、私は理性に訴え、燃え上る怒りの焰《ほむら》を抑《おさ》えて来た、大事なのは道を行う事であって、怨《うら》みを霽《は》らす事ではない、あれたちが前非を悔いているとあれば猶《なお》の事、これ以上それを責める心は更に無い、さあ、皆を助けてやれ、エーリアル。私は呪《まじな》いを解く、その五感の働きを元通りにしてやり、正気に戻してやろう。

エーリアル　直ぐにもここへ連れて参ります。（消える）

プロスペロー　（杖《つえ》で魔法の輪を描き）丘に、森に、川や鎖《とざ》された沼のほとりに棲《す》む小さな妖精たち、砂の上に足形も残さず海神《わだつみ》の引く後《あと》を追掛け、帰り来る波を跳《と》び越え戯《たわむ》るお前ら、月夜に毒茸《どくたけ》の菌を撒《ま》き散らし、牧草の緑を濁らせて羊どもを困らせる小人たち、真夜中の茸造《きのこづく》りを楽しみ、厳《おごそ》かな日没の鐘の音を聴いて喜ぶ汝《なんじ》ら――お前たちのお蔭で、いや、お前たちの力そのものは何程の事も無かろうが、私はきょうまでその助けを借りて、或《あるい》は真昼の日射《ひざ》しを暗くし、荒れ狂う風を喚《よ》び起し、緑の海原《うなばら》と瑠璃色《るりいろ》の大空との間に激しい打合いを現ぜしめ、或は凄《すさ》まじく響き渡る雷《いかずち》に火を与え、雷神ジュピターの槲《かしわ》の大木を己《おの》が手で引裂かしめ、或は岬《みさき》の硬《かた》き巌《いわお》の根を揺るがせ、松や杉を打ち倒して来た……墓も私の命に随《したが》い、内に眠る者の目を醒させ、墓穴を開いて、その亡者《もうじゃ》を吐き出し、私の秘術の前には施す術《すべ》も無かった……だが、この怒りの魔法を、私はきょう限り投げ棄て、二度と行うまい、この上は天空に楽の音を奏せしめ――今は何よりもそれが必要なのだ――（杖を振上げ）その呪《まじな》いを以《もっ》てあの連中を正気に戻し、所期のもくろみを成し遂げさえすれば、私はこの杖を折り、地の底深く埋め、更に人の手の届かぬ深海の水底に私の書物を沈めてしまおう。

厳《おごそ》かな音楽。最初にエーリアルが登場。続いてアロンゾーが狂おしき様にて、ゴンザーローに附添われ登場。セバスティァン、アントーニオーも同じ態にて、エイドリアン、フランシスコーに附添われ登場。一同、プロスペローが描いた魔法の円の中に入り来たり、呪《のろ》いに掛って立ちすくむ。

プロスペロー　（それを見届けて）厳かな調べだ、これに優《まさ》る慰めは他にあるまい、狂った想《おも》いを鎮《しず》め、病める脳の働きを癒《いや》してくれよう——今はその頭蓋骨《ずがいこつ》の中でいたずらに煮え沸《たぎ》っているお前の脳味噌《のうみそ》を、ええい、そこに立っていろ、呪《まじな》いに縛られている、身動き出来るものか……徳高きゴンザーロー、高潔の士とは正《まさ》にお前の事だ、私の目を見ろ、お前の目に宿る美しい滴に和して、こうして涙を流している……呪いは直ぐ解ける、朝が夜の帳《とばり》に忍び寄り、その暗《やみ》を溶かしてしまうように、この連中の心の働きも徐々に恢復《かいふく》し、明智を蔽《おお》う無明《むみょう》の霧を追払おうとしている……おお、ゴンザーロー、私にとっては命の恩人、しかも己れの随う君に対しては忠義の士、その恵みにはやがて報いるであろう、言行いずれの面においてもな……それに引換え、アロンゾー、お前は私と娘にこの上無い酷《むご》い仕打ちを加えた、弟がその相棒役——今その苛責《かしゃく》に苦しめられているのだ、セバスティアン……それに同じ骨肉でありながら、弟、お前は大それた野望を懐《いだ》き、慈悲も人情も投げ打ち——それ、そのセバスティアンと示し合せて、（それだけにこの男こそ内々最も良心の苛責に苦しめられていようが）二人してこの王を殺そうと企《たくら》んだ——そのお前を私は許す、人道に悖《もと》る罪をな……どうやら暗い沖にいずれも分別の兆《きざし》が見え始めて来たようだ、潮が上げて来る、やがてそれが理性の岸辺を洗い浄《きよ》めるであろう、が、今の処まだ汚物でよごれている、私がはっきり見えぬらしい、いや、見えても誰も私とは解らぬであろう、エーリアル、私の冠《かぶ》り物《もの》と剣を岩屋から持って来るように。
（エーリアル、洞窟の方へ飛んで行く）私は法衣を脱ぎ、嘗《かつ》てのミラノ公に戻り、連中の前に姿を現わすのだ、早くしてくれ、妖精、もう直ぐ自由の身にしてやる。

エーリアル戻って来て、歌いながら主人の着換えを手伝う。

エーリアル（歌う）

蜂《はち》と一緒に蜜《みつ》を吸い
九輪草の花に寝《い》ね
梟《ふくろう》の声が子守唄
蝙蝠《こうもり》の背に跨《また》がりて
楽しく夏を追い求め……
来る日来る日を楽しく過す
枝もたわわの花の下にて

プロスペロー　全くかわゆい奴だ、エーリアル、手放した後が寂しい、いや、必ず自由の身にしてやる、そう、その通り、それでよい……（エーリアル、着せ終る）王の船の処へ飛んで行け、その見えぬ姿のままでな——そして船底に降りて行くがよい、水夫どもが眠っているはずだ、船長と水夫長とは目を醒していよう、二人をここへ連れて来るのだ、今直ぐにも、良いな。

エーリアル　鼻の先の空気を一気に吸い込むように一足飛び、脈が二つと打たぬうちに戻って参りましょう。（消える）

ゴンザーロー　在りと在る苦悩と試煉《しれん》、畏怖《いふ》と驚異、それがこの島を蔽《おお》うている、何とぞ天のお導きを、一刻も早うこの恐ろしい国から逃れられますよう。

プロスペロー　私を見るがよい、ナポリ王、嘗て汝らの虐待《ぎゃくたい》を受けしミラノ公、プロスペローだ、それが今なお生きて口をきいている、その証《あか》しのために、さあ、御身をこの腕の中に、そして王、並びに御一同を心から喜んでお迎え申上げよう。

アロンゾー　果して御身がその人かどうか、或は何か妖術の幻に誑《たぶらか》され、先程の夢から未だ醒めぬのか、私には解らぬ、体は脈打っている、生きた人間と少しも変らぬ、それに御身に出遭うて後、心の痛みは薄らいで来た、先刻《さっき》は気も狂わんばかりの激しさだったが、これには——いや、これが真《まこと》ならば——よくよく不思議な謂《い》われがあるに相違無い……領地は潔《いさぎよ》くお還《かえ》ししよう、改めてお願いする、私の犯した罪はお許し下さるよう……それにしても、どうしてプロスペローが生きてここに?

プロスペロー　(ゴンザーローに) 先《ま》ず御身を、この腕に御老体を、その高潔、真に測りえぬものがある。

ゴンザーロー　夢か現《うつつ》か、私には解らのうなりました。

プロスペロー　というのも、先刻振舞われたこの島の仕掛料理の味がまだ残っていて、本物まで信じられなくなっているからだ、良くお出で下さった、御一同――(セバスティアンとアントーニオーについて傍白) だが、お前たち二人については、私がその気になれば、忽《たちま》ち王の逆鱗《げきりん》に触れしめ、反逆の罪を証《あか》しする事も出来る、それも今は黙して語るまい。

セバスティアン　(アントーニオーに傍白) 悪魔が奴の姿を借りて喋《しゃべ》っているのだ……

プロスペロー　何も言うまい……殊《こと》にお前は――人一倍の捻《ねじ》け者《もの》――弟と呼ぶのも口の穢《けが》れ、その極悪非道の罪も今となっては許してやる――一つ残らず、ただ、私の求めるのは公爵領《こうしゃく》の返還だ、それだけは否《いや》も応も無い、お前としても随わねばなるまい。

アロンゾー　もし御身が事実プロスペローなら、きょうまで生き永らえて来た一部始終を具《つぶ》さにお話し頂きたい、どうしてここでお目に掛る事になったのか、こちらは三時間程前に難船して、この岸辺《きしべ》に打上げられ、不幸にも――それを憶《おも》い出すだけで胸が鋭く痛む！――吾が子のファーディナンドを失くしてしまったのだが。

プロスペロー　心からお悼《いた》み申上げる。

アロンゾー　それこそ取返しのつかぬ打撃、忍耐の徳も施す術《すべ》はありますまい。

プロスペロー　いや、思うに、あなたにはまだその徳の力に縋《すが》ろうお気持が無いらしい、その恵みは限りなく、似たような打撃を受けた私にはこの上無い頼りとなり、お蔭で安らかな諦《あきら》めに達しました。

アロンゾー　似たような打撃？

プロスペロー　強さも同じなら時も同じ、が、その大きな打撃に堪える手だてとなると、私の方が心細い、あなたにはまだしも慰めがある、というのは娘を失くしたのです。

アロンゾー　娘御を？　ああ、何という事を、二人が生きていれば、ナポリに連れ返り、その王と妃に迎えられたものを！　そのためなら、この身が代って海底の泥に塗《まみ》れて死んでもよい、今はそこに吾が子が……いつ娘御を？

プロスペロー　先刻のあらしの際に……どうやら御一同はこの巡り逢《あ》いに驚き、理性を失ってしまったばかりか、真実を見分ける眼《まなこ》の働きも定かではないらしい……今こうして喋《しゃべ》っている言葉も真の息、いや、如何《いか》に心が乱れていようと、確かにこの身はプロスペロー、ミラノを追われたあの大公、それが奇《く》しくも、御一同が難船した同じこの島の岸辺に漂着し、その主《あるじ》となったのだ、今はこれだけに留め、詳しい話はやがて日を追うて語り聴かせよう、朝の食事にのぼせる話題ではない、それに始めての出遭いにふさわしい挨拶《あいさつ》でもない、(洞窟の帳《とばり》に手を掛け)ようこそお出でになった、ナポリ王、この岩屋こそ吾が宮殿、そこに侍《はべ》る者は僅《わず》か数名、民草は他に一人もおりませぬ、どうぞ中を御覧になるがよい、公爵領をお還し下さったからには、その礼に良い物を——とまで言えぬにしても、御一同の目を驚かせ、公爵領を頂戴《ちょうだい》した当方に劣らぬ喜びをお分ち致したい。

プロスペローが帳を開けると、ファーディナンドとミランダとがチェスを差しているのが見える。

ミランダ　あら、今のはごまかしよ。

ファーディナンド　とんでもない、そんな事をするものですか、たとえ全世界をくれると言われても。

ミランダ　いいえ、一王国のためでも、まして幾つかの王国を手に入れるためなら、何をなさっても結構、私は黙ってお見逃しします。

アロンゾー　これもまたこの島の幻なら、大事な息子を私は二度も失う事になる。

セバスティアン　奇蹟《きせき》だ！

ファーディナンド　海は人に恐怖を与えるが、また慈悲もあるらしい――私はそれを故《ゆえ》無く呪《のろ》っておりました。（膝《ひざ》まずく）

アロンゾー　（息子を抱擁し）さあ、喜びに満ちた父親の在りと在らゆる祝福がお前の上に、お立ち、そして事の次第を話してくれ。

ミランダ　ああ、不思議な事が！　こんなに大勢、綺麗《きれい》なお人形のよう！　これ程美しいとは思わなかった、人間というものが！　ああ、素晴らしい、新しい世界が目の前に、こういう人たちが棲《す》んでいるのね、そこには！

プロスペロー　（寂しい笑いを浮べながら）お前にはすべてが新しい。

アロンゾー　あの娘は誰だ、お前の相手をしていたのは？　知り合ってから精々三時間にしかならぬはずだが。吾々を離れ離れにし、今またこうして巡り遭わせてくれた女神《めがみ》ででもあるのか？

ファーディナンド　いいえ、吾々と同じ生きた人間です、だが、人間を超《こ》えた神の摂理によって、私のものになりました、そう決めた時には、父上のお考えを伺う事も出来ませんでした……それに父上が生きておいでとは夢にも思いませんでした、あれはこのミラノ公の娘、大公の名は屢々《しばしば》聞いてはおりましたが、お目に掛ったのはきょうが始めて、私は公のお蔭《かげ》で二度目の命を授かり、この女性《にょしょう》のお蔭で第二の父を授かったのです。

アロンゾー　私もこの娘御《こ》にとっては第二の父……それにしても、全く奇妙な巡り合せだな、吾が子に許しを乞わねばならぬというのは！

プロスペロー　いや、それは御無用。お互いの憶《おも》い出に、遠い昔の辛い重荷を背負わせる事はありますまい。

ゴンザーロー　私は心の中で泣いております、さもなければ、疾《と》くに口出し致しておりましょう……これを御覧下さいまし、天なる神々、そしてこのお二人の頭上に祝福の冠を下し賜わりますよう、因《もと》はと言えば、吾らもそのお導きにより、この場に引き寄せられて参ったのでございます故。

アロンゾー　私も共に祈ろう、ゴンザーロー。

ゴンザーロー　ミラノの大公がミラノを追われたのは、御子孫がナポリの王となるためでございましたか？　おお、何と喜ばしき事か、世の常の喜びとは較《くら》べ物になりませぬ、それを後の世に残すため、不朽の柱に金文字でこう刻みつけましょう、「ただ一度の航海により、クラリベルはテュニスにおいて夫を得、その兄ファーディナンドは溺《おぼ》れし海に妻を得たり……プロスペローはその領地を貧しき孤島に……また吾ら一同、嘗《かつ》て失いし正気をここに取戻しぬ」と。

アロンゾー （ファーディナンドとミランダに）二人とも、手を。お前たちの仕合せを望まぬ手合いには常に悲しみと歎《なげ》きとを。

ゴンザーロー どうぞそのように。

エーリアルが登場、それに導かれて船長と水夫長とが茫然《ぼうぜん》自失の態にて続く。

ゴンザーロー おお、あれを、王様、あれを、そこにまた仲間が……私の予言の通り、此奴《こやつ》は、絞首台が陸にある限り、海で溺死《できし》する手合いではございませぬ、（水夫長に）おい、この罰当りが、船では神の恩寵《おんちょう》にさんざんけちを附けおったが、陸に上ると一句も出て来ないのか？　地面の上では口がきけないのか？　一体、何の知らせだ？

水夫長 何よりのお知らせは、王様御一行の御無事を確認致しました事で、次に、船の事でございますが、三時間ばかり前までは真二つに裂け飛んだものとのみ思っておりました処、水漏り一つ無く、実にしっかりしたもので、船具も美々しく、始め船出した時と少しも変っておりませぬ。

エーリアル　（プロスペローの耳許《みみもと》で）それもこれも、先刻《さっき》お別れした後で、すべてこの私が。

プロスペロー　なかなか味をやるぞ！

アロンゾー　いずれも只事《ただごと》ではない――ますます不可解な事が重なる、で、どうしてここへ来た？

水夫長　今、はっきり目が醒めている自信さえあれば、何とか委細をお話し申上げたいのですが……とにかく一同死んだように眠りこけておりました、しかも――どうしてそうなったのか、さっぱり解らないのですが――みんな船底に押し込まれておりまして、それがつい今しがた、急に妙な音が幾つか混じり合って、はい、吠《ほ》えるともつかず、喚《わめ》くともつかず、唸《うな》るともつかず、軋《きし》むような鋭い鎖の音や、その他《ほか》様々の、何とも言えぬ不気味な音が聞えて参りまして、皆すっかり目を醒してしまいました……そして急に五体が自由になったかと思うと、目の前に装《よそお》いをこらした御本船の姿が凛々《りり》しく浮び上って来たのでございます、船長はそれを見て小躍りして喜びました……と思う間も無く、王様、それこそ夢としか思えません、私ども二人だけ別にされ、何が何やら解らぬうちにここへ連れて来られましたので。

エーリアル　（プロスペローの耳許で）如何《いかが》です、大したものでしょう？

プロスペロー　見事だ、よく勤めてくれる――間も無く自由の身にしてやるぞ。

アロンゾー　これほど不可思議な迷路に踏み込んだ者は未《いま》だ嘗てあるまい。これには何か自然を超《こ》えた者の手が働いている、浅はかな人智の及ばぬ処、神託の力を借りねばなるまい。

プロスペロー　ナポリ王、さまでお心を悩まし、事の不可思議にお拘《こだ》わりなさるな。いずれ折を見て、さよう、この身も直ぐ身軽になる、やがてお疑いを解いて差上げられましょう――それをお聴きになれば万事御納得頂けよう――如何《いか》にして斯様《かよう》な事が相次いで起ったかも。それまでは、楽しくお過し願いたい、何事も良きように御解釈なさるがよい……（エーリアルに）さあ、来い、妖精。キャリバンとその仲間の者どもを自由にしてやれ、呪《まじな》いを解いてやるのだ……（エーリアル退場）お気附きかな、ナポリ王？　御一行のうちまだ行方の知れぬ者がある、言わば端者《はしたもの》、お憶《ぼえ》えが無いかも知れませぬが？

エーリアルが、キャリバン、ステファノー、トリンキュローを追いやりながら登場。三人とも、盗んだ衣服を着込んでいる。

ステファノー　人は万人のために働くべし、吾が事に心を用うべからず、天《あめ》が下《した》、万骰《よろずさ》子《い》の目次第なれば、頑張《がんば》れ、化物の餓鬼大将、頑張れ！

トリンキュロー　俺の頭に附いているこの二つの覗《のぞ》き窓《まど》が信用出来さえしたら、こいつはなかなか乙な見せ物だ。

キャリバン　おお、セティボス様、素晴らしい妖精どもが勢揃《せいぞろ》いしている、どうだ、あの旦那の身なりの立派な事と言ったら！　俺は叱《しか》られるかも知れない。

セバスティアン　は、は！　何だ、こいつらは、アントーニオー？　金で買えるかな？

アントーニオー　買えるだろう、一匹は紛れも無く魚だ、それなら売物たり得る事疑い無しだね。

プロスペロー　この者どもの仕着せを一目御覧になっただけで、その素性はお解りになろう、この片端者だが――この母親は魔女で、なかなかの曲者《くせもの》、月を操《あやつ》り、潮の満《み》ち干《ひ》を左右し、一時は月もその力を持て余した程の勢い、三人ぐるになって私の物を盗みおった、で、この悪魔の片割れが――さよう、こいつは父無《ててな》し子《ご》で――他の二人と共謀し、私の命を奪おうとした、その二人だが、御存じであろう、あなたの家来です、この闇《やみ》の子は勿論《もちろん》、私の下僕だが。

キャリバン　きっと抓《つね》り殺されるぞ。

アロンゾー　これはステファノーではないか、飲んだくれの賄《まかな》い方《かた》の？

セバスティアン　今も飲んだくれている、何処《どこ》で酒を手に入れたのでしょう？
アロンゾー　それにトリンキュローも千鳥足だ、あれだけ良い色になれる程の酒を、奴らは何処から手に入れたのだ？　一体いつからだ、その様《ざま》は、酒で煮込んだ肉よろしくではないか？
トリンキュロー　酒で煮込み始めましたのは、お別れするずっと前からでして、こいつは骨の髄まで染《し》み込んでおりますんで、恐れながら一寸《ちよつと》やそっとじゃ脱けそうもございません、その代り腐って蠅《はえ》にたかられる虞《おそ》れも、まずは無かろうと存じます。（ステファノー、唸《うな》り声を挙《あ》げる）
セバスティアン　おい、どうした、ステファノー？
ステファノー　おお、触《さわ》っちゃいけません――私はステファノーじゃない、瘧《おこり》の塊だ。
プロスペロー　貴様はこの島の王になろうとしたな？
ステファノー　そうなっていれば、涙の出る程ひり辛い王様になっていたに相違ございません。
アロンゾー　こんな不思議な怪物は始めて見た。（キャリバンを指差す）
プロスペロー　そいつは行いまでそのように歪《ゆが》んでおります、見掛けだけではない、さ、中へはいれ。仲間も一緒に連れて行け、私の許しが得たければ、精々中を綺麗にして置く事だ。
キャリバン　うん、そうして置く、これからはする事に気を附けて、勘弁して貰《もら》えるように勤めるよ、俺は本当に碌《ろく》でなしの頓馬《とんま》だ、こんな飲んだくれを神様と思い込んだりしたのは！　こんな薄のろの阿呆《あほう》を拝んだりするなんて！
プロスペロー　さ、行け。
アロンゾー　早く――その衣裳をもと在った処へ返して置け。
セバスティアン　というより、もと盗んだ処へな。（キャリバン、ステファノー、トリンキュロー、すごすご逃げ去る）
プロスペロー　さて、ナポリ王、およびその御一行を吾が貧しき岩屋へ御案内申上げよう、そこにて今宵《こよい》一夜の御休息を、その間――お手間は取らせませぬ――一寸お話し申上げたい事がある、必ずや興を唆《そそ》られ時の経《た》つ間もお忘れになろう……というのは、吾が身上話、更にはこの島に流れ着いて以来、長の年月《としつき》の間に起りし数々の出来事についてだが。そして夜が明けたら、御一同を船にお送りし、それから共にナポリへ、そこでこの二人の式が取り行われるのを是非とも見たい――それが済みさえしたら、この身は領地ミラノに引揚げ、残る思いをひたすら己れの墓碑銘に。
アロンゾー　一刻も早くその身上話というのを承りたい、この身は忽《たちま》ちその虜《とりこ》になろう。

プロスペロー　何も彼もお話し申上げましょう――それはかりか、きっとお約束申上げる、あすは海は穏やか、順風に帆を揚げ、船足早く、先立ちの御僚船に必ず追い附きましょう……エーリアル――私の小鳥、私の命令だ、これを最後にお前を宙に解き放ち、自由の身にしてやる、達者で暮せ……（一同に会釈《えしやく》をし）どうぞこちらへ。（一同、洞窟の中に入り、その前に幕が降り、プロスペローのみ残る）

エピローグ

プロスペロー　これにて吾が術は破れ、この身に残る力は生れながらの現身《うつしみ》の、真《まこと》にはかなき境涯、真の話、御見物の御意次第、この地に留まるとナポリへ赴《おもむ》くと、この身に否《いな》やはありませぬ。出来ます事なら、こうして領地を二たび手に入れ、吾を欺《あざむ》きし輩《ともがら》を許したからには、かかる裸島に留まりとうはありませぬ、何とぞ皆様の呪《まじな》いをお解き下さいますよう。この身の枷《かせ》を取除くため、お手を拝借、拍手の雨をお浴びせ下さいまし、皆様の息の力で吾が船の帆を満たして下さらねば、折角皆様をお楽しませしようとしたこの身のもくろみも水の泡《あわ》、もはやこの手には何も残ってはおりませぬ、手伝ってくれる妖精もおらず……働き掛ける術も無い――吾が身の果てはただ絶望のみ、友の祈りに助けを借りねばなりませぬ、祈りはやがて天の扉を叩き、神の慈悲を動かし、この身の犯した過《あやま》ちもすべて許されましょう……天罰を免れたきは皆様とて御同様、されば、そのお心にてこの身の自由を。

解題

一

『あらし』が書かれた時期を推定し得る直接的な外証として二つの文献がある。いずれも王室宴会会計簿中の記事で、一六一一年（A）、一六一三年（B）の項に次の如く記録されている。

A 王室劇団所演――万聖節《ばんせいせつ》（註・十一月一日）の夜、ホワイト・ホールにおいて国王の御前に『あらし』なる作品の上演を行う。

B 王室顧問弁護士の許可によりジョン・ヘミングに支払いし金額内訳……エリザベス王女並びにパラタイン選挙侯の御前にて上演せる十四作品、即《すなわ》ち『フィラスタ』『ノット・オヴ・フールズ』『空騒ぎ』『メイズ・トラジェディ』『メリー・ディヴェル・オヴ・エドモントン』『あらし』……

右のうちAの記録が確かなら、『あらし』は遅くとも一六一一年の初秋には脱稿されていた事になる。この記事が発見されたのは一八四二年で、会計検査院のピーター・カニンガムという男がロンドンの登記所、税務署などを含むサマセット・ハウスの地下室で偶然見附けたと言って大問題になり、その後大英博物館に運び込まれたまま、長い間、贋作《がんさく》の疑いを掛けられていた。しかし、一九一一年に、アーネスト・ローが『シェイクスピア贋作について』という本を公にし、その中で当記録についての疑惑を解き、以後大部分の学者はそれを認めているものの、その真実性が完全に証明されたとは言い難い。ただその記事とは関係無しに間違い無く言える事は、『あらし』そのものの内に、一六一〇年の秋以前には知られなかった筈《はず》の事柄に対する言及があるので、たとえ一六一一年万聖節上演というのが嘘《うそ》であっても、一六一〇年以前の執筆というのは考えられないという事である。

次にBの記録であるが、これは本物であって、一六一三年五月の項に出て来る。記録中のエリザベス王女というのは、エリザベス女王に次いで英国王となった当時のジェイムズ一世の息女で、パラタインというのはドイツのプファルツ選挙侯フリードリヒ五世である。王女は類《たぐ》い稀《まれ》なる美女で、その人柄も慎《つつま》しく魅力に富み、幼少の頃リンリスゴウ伯家に預けられ、一六〇八年、十二歳で宮廷社交界に始めて姿を現わして以来、万人渇仰《かつごう》の的となっていた。詩人達は揃《そろ》ってその美を讃《たた》え、内外の王侯貴族は競って求婚し、騎士達はこの王女の為なら命を抛《なげう》つと誓ったと言われる。それがパラタインの勝利に帰したのは、主としてドイツにおけるプロテスタントの勢力を強めようとするジェイムズ一世の意図に拠《よ》るものらしい。国王は一六〇四年国教主義を公然と表明し、新旧両教徒の信用を失いかけ、その両勢力の均衡を維持する事によって、二つの角の間を擦《す》り抜ける事に腐心していたからであろう。

それはともかく、エリザベスとパラタインとの結婚式は一六一三年二月十四日に行われた。婚約はその前年の十二月二十七日である。随《したが》ってB記録中の十四作品はこの婚約から挙式までの二箇月半の間に行われた事になる。随って、B記録のみを信用すれば、『あらし』は一六一二年の秋頃に書かれたものと推定される。といっても、その事は一六一一年の初秋には脱稿されていたと見做《みな》されるA記録を否定する事にはならない。一六一一年秋以後、即ち一六一二年中に書かれたものと考えねばならぬ様な作中言及も無ければ、またその他の外証も全く無いからである。A記録の真贋論争が大して火を吹かぬ所以《ゆえん》であろう。結論として、『あらし』の製作年代は一六一一年から一六一二年に掛けてという事にして置くのが最も無難だという事になる。

という事は、『あらし』はシェイクスピア最後の作品という事を意味する。尤《もっと》も一六一三年に初演された『ヘンリー八世』があるが、これはシェイクスピアが未完に残したのをフレッチャーが補筆完成したと言われているもので、常識的には『あらし』が最後と考えて良い。それに一六一一年というのはシェイクスピアが故郷ストラトフォードに引退した年であり、プロスペローのエピローグは、作者にその意識が有ったか無かったかは別として、如何《いか》にも「引退興行」にふさわしい。第一・二折本の編纂者《へんさんしゃ》がこの作品に巻頭を飾る栄誉を与えたのも、恐らくその為《ため》であったろうと言われている。

なお、『あらし』には生前の四折本は刊行されず、第一・二折本により始めて上梓《じょうし》されたものである。しかも、それは作者の原稿を元にして直《じ》かに印刷されたものらしく、定本作製上、さしたる困難は無い。尤もそれは作者が書上げたものを直ぐ印刷所に廻したのではなく、その間に十余年の歳月が流れており、劇場の後見用台本として用いられているうちに補筆や削除が行われて来た事は容易に想像し得る。のみならず、ドーヴァ・ウィルソンに拠れば、現存の第一・二折本の元になった原稿は作者自身の手に拠る訂正版、それも元来はもっと長かったものを短くした削除版だと言うのである。アーデン版の編者フランク・カーモードはそれを真向から否定している。私達にとってはどちらでも良い事だが、どうやらウィルソンの主張の方が納得出来る様に思われる。

その根拠の中から解《わか》り易《やす》い二三の例を紹介して置く。第一に、『あらし』は正典中『夏の夜の夢』に次ぐ二番目に短い作品であるが、その中で第一幕第二場は全体の約四分の一に近い長さで、稍々《やや》その均衡を欠く。それが長くなったのは主としてプロスペローがミランダに過去の物語を話して聴かせる部分があり、またシコラクス、キャリバン、エーリアルの過去の説明もして置かねばならなかったからである。恐らくこれ等は第一稿では現在の第一幕第一場の前に、説明ではなく現実の劇として展開されたものではなかったか、そうウィルソンは想像する。第二幕第一場のクラリベルの話やアフリカへの航海についても同様の事が言える。そうとすれば、第一稿は『あらし』の直前の作『冬物語』や『ペリクリーズ』の様に長年月に亙《わた》る構成の緩《ゆる》い作品だったのであろう。ウィルソンにそう言われてみれば、この作品がシェイクスピア作品中唯一《ゆいいつ》の例外として大体ギリシア劇の三一致の法則に合致しているのも、或《ある》いは削除短縮の為《ため》かという気もして来る。なお私の訳で第二幕第一場、本文一九〇頁一〇行目からのゴンザーローのせりふは第一・二折本ではフランシスコーのものになっているが、前後の関係からどうしてもゴンザーローのものとしか思えぬと言うウィルソンの説を取入れた。その結果、フランシスコーは全篇を通じて、そのほかに唯一度第三幕第三場、本文二三〇頁の第一四行だけしか喋《しゃべ》らない。ウィルソンに言わせれば、この人物は第一稿の消し残りであろうという事になる。

第二に、この作品では他に例を見ない程、精緻《せいち》なト書が書込まれている。「寂しそうに」などという内面心理のト書をシェイクスピアは未《いま》だ嘗《かつ》て書いた試《ため》しが無い。しかも、その適切なる事、また時に詩的でさえある事から、それ等は作者自身の手によるものであるとしか考えられぬ。という事は、一六一一年故郷に引退したシェイクスピアが、上演や稽古《けいこ》に立会えぬ為に、ニュー・プレイスの書斎で新しく附け加えたものであろう事を意味する。ウィルソンは一六一一年の第一稿は作者の故郷引退前に書かれたものと考えているらしい。成る程、『あらし』はA記録による上演以前にも、一二度市中で公開された形跡がある。第三に、第四幕第一場の仮面劇であるが、これは明らかにエリザベス王女とパラタイン選挙侯の婚約の為の祝典劇として後から挿入《そうにゅう》されたものだとウィルソンは言う。その内容上の指摘は煩《わずら》わしいので省くが、祝典劇に仮面劇が必要とされた当時の慣習、更にそれがこの作品の中で多少の違和感を与える事から言って、ウィルソンの推測は尤もと言えよう。

二

『あらし』の下敷と見做《みな》される作品は殆《ほとん》ど無い。強《し》いて挙《あ》げれば、ドイツのニュルンベルグの劇作家ヤコブ・アイラー（一五四三―一六〇五）が書いた『美しきジデア姫』位のものである。この作品にはプロスペローの原型と見做さるべきルドルフ大公という人物が登場する。彼は魔法を能《よ》くし、妖精《ようせい》を駆使する。またミランダの如《ごと》く美しい娘ジデアと共に暮している。そればかりではない、彼の敵の息子を虜《とりこ》にしている事、その若者が抜こうとする剣が魔法によって鞘《さや》から離れなくなってしまう事、虜になった若者がジデア姫の為に丸太運びを強いられる事、最後にこの二人の男女が恋に落ち、めでたく結ばれる事、等々『あらし』と酷似している。その他、プロスペローとエーリアルが敵共に嗾《け》しかける犬の名「マウンテン」「シルヴァー」というのが、ルドルフ大公の唱える呪《じゅ》文《もん》の中にも出て来る。

尤も新シェイクスピア全集『あらし』に序を書いているクイラクーチは「それにしても、お伽話《とぎばなし》や民話は世界中どれもこれも似たり寄ったりで、魔法使、一人娘、囚《とら》われの貴公子、丸太運び、等々を憐《あわ》れみや密《ひそ》かな愛情と結附け、それが呪《まじな》いを解き、万事めでたく終るという話ほど有りふれたものは無いではないか?」と言っている。その通りには違い無いが、当時、イギリスの役者がドイツまで出掛けて行って興行をする習慣があった事は確かであり、一六〇四年にはニュルンベルグにも行っているので、そこで『美しきジデア姫』を観、その梗概をロンドンに伝えたのかも知れぬ。さもなければ、「マウンテン」や「シルヴァー」の如き一致はあり得ないであろう。しかし、クイラクーチの様に更に一歩を進めて、『美しきジデア姫』の話の骨子は、イギリスの役者を通じて、ドイツからイギリスへではなく、逆にイギリスからドイツに齎《もたら》されたものだという可能性も考えられる。これは必ずしもイギリス人のイギリス贔屓《ひいき》とは言えない。何故《なぜ》なら、アイラーその人はイギリスの劇団を通じてイギリス演劇の影響を受け、それをドイツに紹介した劇作家として知られているからである。いずれにせよ、この『美しきジデア姫』が『あらし』創作の刺戟《しげき》になったとは言えても、それを下敷としたとまで主張する根拠は何も無い。

次に、下敷と言うよりは資料として、シェイクスピアが『あらし』を創作する際、明らかに利用したと思われる主な著作を二つ挙げて置く。その一つはバーミューダ島遭難記パンフレットである。一六〇九年、トマス・ゲイトとジョージ・ソマーズ両騎士に率いられた五百人の植民者が九艘《そう》の船に分乗し、新大陸ヴァジニアに向ってイギリスを出帆したが、大陸に近い処で暴風雨に見舞われ、ソマーズ提督の旗艦「海の冒険」号がバーミューダ島に坐礁《ざしよう》してしまった。その乗組員達は皆死んだものと思われていたが、実はその気候温和な島で十箇月過した後、翌年五月二艘の小舟に乗込んでヴァジニアに着き、早くもその九月には彼等の漂流綺譚《きたん》が本国に伝わり、帰国するやロンドンでは大評判になって、シルヴェスター・ジァーデイン、ウィリアム・ストレイチ等がその経験談を纏《まと》めたパンフレットが売出された。『あらし』の中に出て来る遭難、島の気候、生物、インディアン等については、シェイクスピアはそれ等の記事から示唆《しさ》を受けたに違い無い。

他の一つはモンテーニュである。第二幕第一場（本文一九〇頁参照）のゴンザーローが説く理想国は、一六〇三年に初版の出たフローリオー訳モンテーニュ『随想録』第一巻第三十一章「カンニバルについて」から来ている事は明らかである。カンニバルとは食人種を意味するが、モンテーニュはもっと広義に新大陸原住の「未開人」の事をそう呼んでいる。第三十一章は十五、六頁にも亙《わた》る長いものだが、そのうちゴンザーローのせりふに直接影響を与えたと思われる部分のみ左に引用する。

私はプラトンに教えてやりたい、「この国には如何《いか》なる種類の取引も全く行われない。文学の智識も無ければ、数の観念も無い。役人という言葉も統治者という言葉も無い。人に仕えるという習慣も無ければ、貧富の差別も無い。契約、相続、分配も無い。楽しい仕事はあっても、苦しい労働は無い。長幼の序列も無く、人間は悉《ことごと》く平等。着物も農作物も金属も無い。酒も麦も用いない。嘘《うそ》、裏切、隠蔽《いんぺい》、吝嗇《りんしょく》、嫉《ねた》み、悪口、容赦などを意味する言葉は一度も聞いた事が無い」と。さすがのプラトンもこれを聴いたら、彼の理想国もこの完全なるに遠く及ばぬ事を知って、さぞ驚くであろう。

言うまでもない事だが、シェイクスピアはこれを単なる「思附き」「意匠」として用いているだけで、それはモンテーニュの様に文明やそれに伴う虚偽に対する皮肉な批判として作品全体を蔽《おお》うものとはなっていない。

三

四大悲劇を書き終えたシェイクスピアは、更に『アントニーとクレオパトラ』『コリオレイナス』『アセンズのタイモン』と人間不信の悲劇を書き続ける。その後の『ペリクリーズ』（一六〇八―九）を転機として、所謂《いわゆる》「浪漫喜劇」の時代に入り、『シンベリン』『冬の夜話』『あらし』の三作を書きながら、この大詩人は不信、憎悪《ぞうお》、復讐《ふくしゅう》という暗黒の黄泉《よみ》を一作毎《ごと》に潜《くぐ》り抜け、明るく澄んだ調和と和解の世界に到達したと言われる。こういう解釈は必ずしも教科書的俗説とのみは言切れない。事実、シェイクスピアの全作品系列が一つの劇を構成している。悲劇時代がクライマックスなら、晩年の浪漫喜劇時代は差当りアンティ・クライマックスの機能を果している。

私は嘗《かつ》て悲劇の最高峰として『リア王』を挙《あ》げ、喜劇の最高峰として『あらし』を挙げると言った。が、『リア王』について、たとえ聊《いささ》かなりとも自分の感動を語り得た舌は、『あらし』に対しては殆ど用をなさない。一つにはその原文の詩の美しさが、他国語に翻訳《ほんやく》し得る限界を遥《はる》かに越えているという事もある。勿論《もちろん》、それは『あらし』に限らぬ、シェイクスピアを訳す以上、程度の差こそあれ、どの作品についても言える事だ。それにしても、『あらし』に関しては、その歎《なげ》きが殊《こと》のほか深い。が、それはもう言うまい。だが、翻訳不能の原文の美しさを別にしても、『あらし』の様な作品について、吾々はどうしてその感動を語り得ようか。何かを語れば、作品そのものの、そしてそれから受けた感動そのものの純粋と清澄とを穢《けが》さずには済まされまい。『あらし』はそういう作品なのである。

ウィルソンの仮設が本当なら、というのは、この作品の第一稿においては、プロスペローの前歴やアロンゾー達の航海が冒頭に書かれていて、『冬物語』或はその他のシェイクスピア劇の様に時間的推移が現実的に示されていたなら、『あらし』の魅力は大半失われ、シェイクスピア作品中に占める特異性も無くなるであろう。が、この作品の特徴は単に三一致の法則が守られているという事にあるのではない。シェイクスピアはこの古代ギリシア劇の作劇術を、嘗ってそれを用いた他の劇作家とは全く異った方法を以《もっ》て、詰り唯《ただ》『あらし』においてのみ独自の効果を発揮し得《う》る様に利用しているのである。

何故《なぜ》ならプロスペローはこの作品の登場人物であると同時に、その支配者であり、作者であるからだ。このメカニズムが『あらし』を小宇宙と化し、彼をそのデミウルゴスに仕立て上げる。それは完全に閉じられた世界であり、批評や分析の入込む隙《すき》は全く無い。プロスペローは明らかに不当に遇せられたリアの後身であるが、荒野のリアの巨大な姿が如何にデミウルゴス的であっても、なお彼は一つの劇の登場人物に過ぎず、その限界と同時にそれ故の自由を保有しているのに反して、プロスペローは完全に他の登場人物を支配し、劇の進行を一手に握っている。すべては彼の呪《まじな》いの中にある。観客もその例外ではない。この様に始めから完結した世界に、作者はどうして終止符を打てるか。プロスペローはどうにも引込みが附かぬではないか。他の登場人物に対しても、観客に対しても、彼はその全能の自由を拋棄《ほうき》する自由を持たない。その意味で『あらし』のエピローグは他の作品のそれとは相反する独特の機能を持つ。プロスペローはこう言う。

これにて吾が術は破れ、この身に残る力は生れながらの現身《うつしみ》の、真《まこと》にはかなき境涯、真の話、御見物の御意次第、この地に留まるとナポリへ赴《おもむ》くと、この身に否《いな》やはありませぬ。出来ます事なら、こうして領地を二たび手に入れ、吾を欺《あざむ》きし輩《ともがら》を許したからには、かかる裸島に留まりとうはありませぬ、何とぞ皆様の呪《まじな》いをお解き下さいますよう。

他のシェイクスピア劇のエピローグでは、それまで登場人物だった一人物が、そこで作者や座員の一人に変化する。が、『あらし』のエピローグでは、何の事はない、プロスペローは始めて登場人物の平面にまで降りて来るのである。のみならず、観客に向って他の登場人物と共に現実の世界に戻る自由を要請しているのだ。同時に、彼が観客に向って、「今までその自由を縛っていた呪《まじな》いの主はお前達だ」と言う事によって、それまで閉じられていた『あらし』の小宇宙を観客は始めて自分のものになし得るのである。『あらし』は『リア王』の世界を浄化したものであるが、その浄化恢復《かいふく》された秩序感覚の底には依然として『リア王』の世界が潜んでいる。不信、絶望、嘲笑《ちょうしょう》、醜怪、不条理が悪夢の様に、しかし晴れ渡り澄み切った朝、目が醒《さ》めて、それが信じられぬ様に、正《まさ》にその様な形で残っている。その意味で、「ああ、素晴らしい、新しい世界が目の前に、こういう人たちが棲《す》んでいるのね、そこには！」(第五幕第一場)というミランダの有名なせりふより、私にとっては次のキャリバンのせりふの方が遥かに強く胸を打つ。

時には歌声が混じる、それを聴いていると、長いことぐっすり眠った後でも、またぞろ眠くなって来る――そうして、夢を見る、雲が二つに割れて、そこから宝物がどっさり落ちて来そうな気になって、そこで目が醒《さ》めてしまい、もう一度夢が見たくて泣いた事もあったっけ。（第三幕第二場）

無垢《むく》のミランダではなく、醜悪の化物キャリバンにこういう美しいせりふを言わせる、天才シェイクスピア以外の誰がそれを為《な》し得たであろうか。

福田恆存

解説

中村保男

『夏の夜の夢』と『あらし』、この取合せは絶妙である。むろん、劇は一つの完結した世界であり、シェイクスピアはこの二つの劇においてもおのおの異なった世界を創造している。従って、両者を比較してもあまり意味がない。私たちはただその世界にひたりきればよいのである。特にシェイクスピア劇には、作品を分析し比較すればそこはかとなく消えてしまう何かが多分にある。それは単なる人工的なフィクションの世界ではなく、まさに真の想像力が生みだした有機的な創造世界なのである。そういう意味で、シェイクスピアという一人の偉大な天才が十数年の時を隔てた第二期の喜劇時代と最終期のロマン劇時代との掉尾《とうび》において書いたものとして、これらの二つの「夢幻」劇の傑作を比較しようとする試みは、ただ両者の特質を浮彫りにするためのものでしかない。

『夏の夜の夢』の特長は、何と言っても、その素朴で大らかな幸福さにある。なるほど、そこにもたしかに反抗と不和がある。まず、ハーミアが父と恋人との板ばさみになって父に楯《たて》をつく。が、それは頑《かたくな》な性格から発した反抗でも、悪意から出た裏切りでもない。世間によくある親と子の仲たがい、恋心と親心のふとした行き違いにすぎない。その人間界を少なくとも夜のあいだ支配する超自然界の王者オーベロンとその妃タイターニアの不和も、たかが一人の小姓をめぐる他愛《たわい》のない夫婦喧嘩《げんか》でしかない。その点、彼らは全く人間くさい妖精《ようせい》である。

シェイクスピアの時代にもなお強く尾を引いていた中世的な世界観では、人間界の事象と大宇宙の秩序とが密接に結びついていて、後者の乱れがそのまま前者に波及すると考えられていた。『夏の夜の夢』においても、春夏秋冬の順序が狂って「人間どもは、すっかりとまどってしまい……今がいつやら、さっぱり季節がわからなくなっています……そして、こうした禍《わざわ》いも、つまりはあたしたちのいさかいから、不和から生じたもの、あたしたちこそ、その本家本元なのです」とタイターニアが言う。が、その不和は深刻なものではなく、一時の気まぐれにすぎない。しかし、ここで注目すべきは、『夏の夜の夢』という一編の「お伽話《とぎばなし》」が超自然界と人間界とを一つの舞台の上でほとんど渾然《こんぜん》と融合させていることである。超自然の世界が一時的にもせよ人間にとって身近なもの、親しみのもてるものとして描かれる。オーベロンとその妃との不和がいかにも人間くさく、ホームリーであるのも偶然ではない。そして、そこには宇宙的な調和の雰囲《ふんい》気《き》が——ほとんど家庭的な調和の感じ——が全体としてかもしだされるのだ。『夏の夜の夢』では、超自然の力は主《おも》に一時のたわむれとして現われる。ここでは、『リア王』でグロスターが言うせりふ「神々はたわむれに人を殺す」を「たわむれに人を驢馬《ろば》にする」と言い換えなくてはならない。森の中で四人の男女の関係が逆転してハーミアがはじき出されるくだり、それがいかに深刻なものと見えようと、見物はそれがいたずらに点眼された惚《ほ》れ薬《ぐすり》による一時の気の迷いでしかなく、やがて丸く収まるであろうことを知っているのだ。

ほとんどすべてにたわむれの感じがつきまとうこの劇の性格を要約し、極端な形で示しているのが、職人たちによる「どたばた悲劇」である。ピラマスが恋人の血まみれのマントを見て絶望のきわみに自殺し、つづいてシスビーも自ら果てるというこの悲劇を素人《しろうと》役者たちは完全な茶番劇に変えてしまう。これは、極言すれば、『夏の夜の夢』を書いていたときのシェイクスピアの態度そのものであると言えよう。ピラマスとシスビーの物語は、職人たちによってパロディー化される以前の悲劇として見ても、初期の作『ロミオとジュリエット』のような「間違いの悲劇」「偶然の悲劇」であり、人物の性格そのものや悪にその根源があるのではない。シェイクスピアが『夏の夜の夢』において見ていた現実世界の悲劇はそういうものであり、それを彼は、想像力という魔法の杖《つえ》で妖精たちを呼び起すことによって、一挙に豊かで大らかで陽気な夏の夜の夢のようなたわむれに変えたのである。この劇の世界の基盤はあくまでも常識的な健全さにある。歴史的に見れば、それはメリー・イングランド（陽気な英国）の世界であったと——チェスタトンと共に——言いうるかもしれない。夢あるいは狂気も、ここでは日常の世界と超自然のそれとを建設的に結びつける役割を果しているのだ。超感覚と分別とナンセンス、その三つがこれほど幸福に調和した世界が他のどこにあるだろうか。

『あらし』はシェイクスピア最後の作品である。幕切れでプロスペローの語るエピローグはシェイクスピア自身が見物に向って語ったものだという説もあるくらい、シェイクスピアがこれまでの自作品を締め括《くく》るものとして意識的にこれを書いたのだと考える向きが多い。はたして本当にそうであったかどうかは別として、この劇には、たしかにそれまでのシェイクスピアのすべてが投げこまれている。これは、プロスペローが「その後のリア」の姿であり、ゴンザーローが忠臣ケントの生れ変りであるといったことだけではなく、芸術的にもシェイクスピアはその全能力を傾注しているのである。

『夏の夜の夢』は文字どおり一場の夢であった。それは日常生活からしばしば遠ざかって貴人の婚礼をことほぐためのいわば「休暇」であった。むろん、それが何の意味もないたわむれであったと言うのではない。ヒポリタの言葉を借りれば「ゆうべの話……たんに夢幻とのみは言えない、何か大きな必然の力が、そこに支配しているようにも感ぜられるのですけれど」ということになる。それは、早くも劇詩人として世に認められ、屈託なく自分の才能と人生とを折り合せつつあった若き幸福なシェイクスピアの見た「正《まさ》夢《ゆめ》」であったのだ。

それに較《くら》べると『あらし』は、いかに魔術的、異国的な雰囲気が漂っていようとも、何よりもまず現実世界そのものの縮図であるという感じが強い。そこで起る不和、反乱は深刻であり、根が深い。アントーニオーとキャリバンの謀反《むほん》――少なくとも彼らの根深い性格――は、プロスペローの術をもってしても癒《いや》しがたいものとして最後まで残る。(最後の和解の場でアントーニオーの言う唯一のせりふは「買えるだろう、一匹は紛れも無く魚だ、それなら売物たり得る事疑い無しだね」というへらず口なのである)

たしかに『あらし』は過去の行きがかりを水に流して出直すという和解のテーマを貫いた劇ではあるが、徐々に現われてくるその調和は『夏の夜の夢』のそれとは違うものである。すべてが丸く収まるのではなく、キャリバンやアントーニオーという、個人としては調和しきれない分子がまだ残っている一種不協和な調和なのだ。それは、この世界を直接支配する者が、術は持っていてもやはり只の人間であるプロスペローだからであり、キャリバンやアントーニオーをもその秩序の中に組み入れてしまう全体は、人間の眼には決して定かには見えないものだからである。『あらし』は、それが一つの世界として完結すればするほど、より大きな世界の一部であるという感じが強まる、そういうふうに仕組まれた劇なのだ。

なるほどプロスペローは術を会得して自然界を手なずけ支配した一種の超人であるが、結局は彼も大自然の一部でしかなかった。最後に彼が登場人物になるというのは、すなわち自然の一部になるということにほかならぬ。

シェイクスピアは『夏の夜の夢』からずいぶん遠い道をやって来た。そのかん彼の実生活にいかなる事件が起きたか、それは誰にもわからぬ。が、彼の作風が大きく変りつつあったことはわかる。四大悲劇で世界の暗黒面、否定面を見てしまったシェイクスピアは、もう二度と『夏の夜の夢』のあの幸福な調和の世界を描くことはできなかった。しかし、彼にはそのまま絶望のテーマに安住することもできなかった。彼は再び安定した境地に戻らねばならぬ。それにはまず、自分と和解することが必要だ。こうして、かつて無垢《むく》の健康の時代に手を染めたあのロマン劇の形式が新しい光のもとに甦《よみがえ》り、やがてその最大の傑作『あらし』が生れたのである。プロスペローは、アロンゾーたちと和解することによって、彼らを恨んでいた自分と和解し、劇作家シェイクスピアは、そういうプロスペローの姿を魔術師＝劇作家という形で舞台に押し出すことによって、人間シェイクスピアと和解したのである。

だが、『あらし』が比類なくすばらしい作品であるのは、このヒューマニティーだけによるのではない。言葉で言おうとするとそれは遠のくばかりだが……言うならば、それはこの作品の振幅の静かにうねるような大きさと、その想像性、ヴィジョン性の深さ、偉大さとによる。特にエーリアルとキャリバンのせりふがかもしだす遥《はる》かな理想と原始的自然との全体感覚、この世が、良いとか悪いとかいうようなものではなく、ただ在《あ》るように在るのだという大きな神秘感、それがこの劇の幻視的な現実性を支《ささ》えているのであり、シェイクスピアの無私の想像力はこの絶海の孤島に「その名と場所」を授けて、おそらく人類が到達しえた最も高いヴィジョンの一つをそこに実現することができたのである。シェイクスピアは最後において宇宙的世界と劇的世界との合一に成功したと言っても過言ではあるまい。

まさしく、この芝居を観《み》おわったときに私たちを襲うのは、仮面劇が終ったときにプロスペローが語るあの感慨であろう。「あの役者どもは……いずれも妖精ばかりだ、そしてもう溶けてしまったのだ、大気の中へ、淡い大気の中へ、が、あのたわいの無い幻の織物と何処《どこ》に違いがあろう、雲を頂く高い塔、綺羅《きら》びやかな宮殿、厳《いか》めしい伽藍《がらん》、いや、この巨大な地球さえ、因《もと》よりそこに棲《す》まう在りと在らゆるものがやがては溶けて消える、あの実体の無い見せ場が忽《たちま》ち色褪《いろあ》せて行ったように、後には一片の霞《かすみ》すら残らぬ、吾らは夢と同じ糸で織られているのだ、ささやかな一生は眠りによってその輪を閉じる」

少なくとも、私たちはたしかに一つの環《わ》が——シェイクスピア劇という円環が——閉じられた手ごたえをそこに感じることができる。

（昭和四十六年七月、評論家）

※本作品集中には、今日の観点から見ると差別的表現ととられかねない箇所が散見しますが、作品自体のもつ文学性ならびに芸術性、また訳者がすでに故人であるという事情に鑑み、原文どおりとしました。

（新潮文庫編集部）

シェイクスピア
中野好夫訳
ロミオとジュリエット

仇敵同士の家に生れたロミオとジュリエット。その運命的な出会いと、永遠の愛を誓いあったのも束の間に迎えた不幸な結末。恋愛悲劇。

シェイクスピア
福田恆存訳
オセロー

イアーゴーの奸計によって、嫉妬のあまり妻を殺した武将オセローの残酷な宿命を、鋭い警句に富むせりふで描く四大悲劇中の傑作。

シェイクスピア
福田恆存訳
ハムレット

シェイクスピア悲劇の最高傑作。父王の亡霊からその死の真相を聞いたハムレットが、深い懐疑に囚われながら遂に復讐をとげる物語。

シェイクスピア
福田恆存訳
ヴェニスの商人

胸の肉一ポンドを担保に、高利貸しシャイロックから友人のための借金をしたアントニオ。美しい水の都にくりひろげられる名作喜劇。

シェイクスピア
福田恆存訳
リア王

純真な末娘より、二人の姉娘の甘言を信じ、すべての権力と財産を引渡したリア王は、やがて裏切られ嵐の荒野へと放逐される……。

シェイクスピア
福田恆存訳
ジュリアス・シーザー

政治の理想に忠実であろうと、ローマの君主シーザーを刺したブルータス。それを弾劾するアントニーの演説は、ローマを動揺させた。

シェイクスピア
福田恆存訳

マクベス

三人の魔女の奇妙な予言と妻の教唆によってダンカン王を殺し即位したマクベスの非業の死！　緊迫感にみちたシェイクスピア悲劇。

シェイクスピア
福田恆存訳

じゃじゃ馬ならし・空騒ぎ

パデュアの街に展開される楽しい恋のかけひき「じゃじゃ馬ならし」。知事の娘の婚礼前夜に起った大騒動「空騒ぎ」。機知舌戦の二喜劇。

シェイクスピア
福田恆存訳

アントニーとクレオパトラ

シーザー亡きあと、ローマ帝国独裁の野望を秘めながら、エジプトの女王クレオパトラと恋におちたアントニー。情熱にみちた悲劇。

シェイクスピア
福田恆存訳

リチャード三世

あらゆる権謀術数を駆使して王位を狙う魔性の君主リチャード——薔薇戦争を背景に偽善と偽悪をこえた近代的悪人像を確立した史劇。

シェイクスピア
福田恆存訳

お気に召すまま

美しいアーデンの森の中で、幾組もの恋人たちが展開するさまざまな恋。牧歌的抒情と巧みな演劇手法がみごとに融和した浪漫喜劇。

J・オースティン
小山太一訳

自負と偏見

恋心か打算か。幸福な結婚とは何か。十八世紀イギリスを舞台に、永遠のテーマを突き詰めた、息をのむほど愉快な名作、待望の新訳。

ディケンズ
山西英一訳
大いなる遺産（上・下）

莫大な遺産の相続人になったことで運命が変転する少年ピップを主人公に、イギリスの庶民の喜び悲しみをユーモアいっぱいに描く。

ディケンズ
中野好夫訳
デイヴィッド・コパフィールド（一〜四）

逆境にあっても人間への信頼を失わず、作家として大成したデイヴィッドと彼をめぐる精彩にみちた人間群像！　英文豪の自伝的長編。

ディケンズ
加賀山卓朗訳
オリヴァー・ツイスト

オリヴァー8歳。窃盗団に入りながらも純粋な心を失わず、ロンドンの街を生き抜く孤児の命運を描いた、ディケンズ初期の傑作。

ヘミングウェイ
福田恆存訳
老人と海

来る日も来る日も一人小舟に乗り出漁する老人――大魚を相手に雄々しく闘う漁夫の姿を通して自然の厳粛さと人間の勇気を謳う名作。

ヘミングウェイ
大久保康雄訳
誰がために鐘は鳴る（上・下）

一九三六年に勃発したスペイン内乱を背景に、限られた命の中で激しく燃えたアメリカ青年とスペイン娘との恋をダイナミックに描く。

ヘミングウェイ
高見浩訳
移動祝祭日

一九二〇年代のパリで創作と交友に明け暮れた日々を晩年の文豪が回想する。痛ましくも麗しい遺作が馥郁たる新訳で満を持して復活。

O・ヘンリー
小川高義訳

賢者の贈りもの
—O・ヘンリー傑作選I—

クリスマスが近いというのに、互いに贈りものを買う余裕のない若い夫婦。それぞれが一大決心をするが……。新訳で甦る傑作短篇集。

ロレンス
伊藤整訳

完訳チャタレイ夫人の恋人

森番のメラーズによって情熱的な性を知ったクリフォド卿夫人——現代の愛の不信を描いて、「チャタレイ裁判」で話題を呼んだ作品。

テリー・ケイ
兼武進訳

白い犬とワルツを

誠実に生きる老人を通して真実の愛の姿を美しく爽やかに描き、痛いほどの感動を与える大人の童話。あなたは白い犬が見えますか?

ワイルド
福田恆存訳

ドリアン・グレイの肖像

快楽主義者ヘンリー卿の感化で背徳の生活にふける美青年ドリアン。彼の重ねる罪悪はすべて肖像に現われ次第に醜く変っていく……。

ワイルド
西村孝次訳

サロメ・ウィンダミア卿夫人の扇

月の妖しく美しい夜、ユダヤ王ヘロデの王宮に死を賭したサロメの乱舞——怪奇と幻想の「サロメ」等、著者の才能が発揮された戯曲集。

ワイルド
西村孝次訳

幸福な王子

死の悲しみにまさる愛の美しさを高らかに謳いあげた名作「幸福な王子」。大きな人間愛にあふれ、著者独特の諷刺をきかせた作品集。

スウィフト
中野好夫訳

ガリヴァ旅行記

船員ガリヴァの漂流記に仮託して、当時のイギリス社会の事件や風俗を批判しながら、人間性一般への痛烈な諷刺を展開させた傑作。

T・ウィリアムズ
小田島雄志訳

欲望という名の電車

ニューオーリアンズの妹夫婦に身を寄せたブランチ。美を求めて現実の前に敗北する女を、粗野で逞しい妹夫婦と対比させて描く名作。

T・ウィリアムズ
小田島雄志訳

ガラスの動物園

不況下のセント・ルイスに暮す家族のあいだに展開される、抒情に満ちた追憶の劇。斬新な手法によって、非常な好評を博した出世作。

チェーホフ
神西　清訳

桜の園・三人姉妹

急変していく現実を理解できず、華やかな昔の夢に溺れたまま没落していく貴族の哀愁を描いた「桜の園」。名作「三人姉妹」を併録。

チェーホフ
神西　清訳

かもめ・ワーニャ伯父さん

恋と情事で錯綜した人間関係の織りなす日常のなかに、絶望から人を救うものは忍耐であるというテーマを展開させた「かもめ」等2編。

チェーホフ
小笠原豊樹訳

かわいい女・犬を連れた奥さん

男運に恵まれず何度も夫を変えるが、その度に夫の意見に合わせて生活してゆく女を描いた「かわいい女」など晩年の作品7編を収録。

ソポクレス
福田恆存訳

オイディプス王・アンティゴネ

知らずに父を殺し、母を妻とし、ついには自ら両眼をえぐり放浪する――ギリシア悲劇の最高傑作「オイディプス王」とその姉妹編。

ジョイス
柳瀬尚紀訳

ダブリナーズ

20世紀を代表する作家がダブリンに住む人々を描いた15編。『フィネガンズ・ウェイク』の訳者による画期的新訳。『ダブリン市民』改題。

ゾラ
古賀照一訳

居酒屋

若く清純な洗濯女ジェルヴェーズは、職人と結婚し、慎ましく幸せに暮していたが……。十九世紀パリの下層階級の悲惨な生態を描く。

A・シリトー
丸谷才一
河野一郎 訳

長距離走者の孤独

優勝を目前にしながら走ることをやめ、感化院長らの期待にみごとに反抗を示した非行少年の孤独と怒りを描く表題作等8編を収録。

スティーヴンソン
田口俊樹訳

ジキルとハイド

高名な紳士ジキルと醜悪な小男ハイド。人間の心に潜む善と悪の葛藤を描き、二重人格の代名詞として今なお名高い怪奇小説の傑作。

スティーヴンソン
鈴木恵訳

宝島

謎めいた地図を手に、われらがヒスパニオーラ号で宝島へ。激しい銃撃戦や恐怖の単独行、手に汗握る不朽の冒険物語、待望の新訳。

ゲーテ
高橋義孝訳
若きウェルテルの悩み

ゲーテ自身の絶望的な恋の体験を作品化した書簡体小説。許婚者のいる女性ロッテを恋したウェルテルの苦悩と煩悶を描く古典的名作。

高橋健二編訳
ゲーテ格言集

偉大な文豪であり、人間的な魅力にもあふれるゲーテ。深い知性と愛情に裏付けられた言葉の宝庫から親しみやすい警句、格言を収集。

ゲーテ
高橋義孝訳
ファウスト（一・二）

悪魔メフィストーフェレスと魂を賭けた契約をして、充たされた人生を体験しつくそうとするファウスト――文豪が生涯をかけた大作。

スタンダール
大岡昇平訳
パルムの僧院（上・下）

〝幸福の追求〟に生命を賭ける情熱的な青年貴族ファブリスが、愛する人の死によって僧院に入るまでの波瀾万丈の半生を描いた傑作。

スタンダール
小林正訳
赤と黒（上・下）

美貌で、強い自尊心と鋭い感受性をもつジュリヤン・ソレルが、長年の夢であった地位をその手で掴もうとした時、無惨な破局が……。

スタンダール
大岡昇平訳
恋愛論

豊富な恋愛体験をもとにすべての恋愛を「情熱恋愛」「趣味恋愛」「肉体的恋愛」「虚栄恋愛」に分類し、各国各時代の恋愛について語る。

新潮文庫最新刊

塩野七生著
想いの軌跡
地中海の陽光に導かれ、ヨーロッパに渡ってから半世紀――。愛すべき祖国に宛てた手紙ともいうべき珠玉のエッセイ、その集大成。

帚木蓬生著
悲素（上・下）
本物の医学の力で犯罪をあぶりだす。九大医学部の専門医たちが暴いた戦慄の闇。小説でしか描けない和歌山毒カレー事件の真相。

上田岳弘著
私の恋人
三島由紀夫賞受賞
天才クロマニョン人から悲劇のユダヤ人、そして井上由祐へ受け継がれた「私」は運命の恋人を探す。10万年の時空を超える恋物語。

伊東潤著
維新と戦った男 大鳥圭介
薩長主導の明治に恭順せず――。江戸から五稜郭まで戦い抜いた異色の幕臣大鳥圭介の戦いを通して、時代の大転換を描く。

矢野隆著
凜と咲きて
―花の剣士 凜―
芸妓に身をやつす孤高の剣客・凜。宿敵への憎悪に燃える彼女が本当の強さに目覚めるとき、圧倒的感動が襲う。桜花爛漫の時代小説。

蒼月海里著
夜と会う。Ⅱ
―喫茶店の僕と孤独の森の魔獣―
「理想の夢を見せる」という触れ込みでその実、人の心を壊す男・氷室頼人。立ち向かう澪音たちの運命は。青春異界綺譚、第二幕。

新潮文庫最新刊

板倉俊之著
蟻地獄
異才芸人・板倉俊之が、転落人生から這い上がろうとする若者の姿を圧倒的筆力で描く、超弩級ノンストップ・エンタテインメント！

佐藤優著
亡命者の古書店
―続・私のイギリス物語―
ロシア語研修で滞在中のロンドンで、私は自らの師を知った。神学への志を秘めた異能の外交官、その誕生を現代史に刻む自伝。

永栄潔著
ブンヤ暮らし三十六年
―回想の朝日新聞―
新潮ドキュメント賞受賞
〝不偏不党〟朝日新聞で猛然と正義のため闘う記者たちの中、一人、アサヒらしくないブンヤがいた。型破りな記者の取材の軌跡！

青木冨貴子著
GHQと戦った女 沢田美喜
GHQと対峙し、混血孤児院エリザベス・サンダース・ホームを創設した三菱・岩崎家の娘沢田美喜。その愛と情熱と戦いの生涯！

井上理津子著
葬送の仕事師たち
「死」の現場に立ち続けるプロたちの思いとは。光があたることのなかった仕事を描破し読者の感動を呼んだルポルタージュの傑作。

NHKスペシャル取材班著
老後破産
―長寿という悪夢―
年金生活は些細なきっかけで崩壊する！　誰もが他人事ではいられない、思いもしなかった過酷な現実を克明に描いた衝撃のルポ。

Title : A MIDSUMMER NIGHT'S DREAM
THE TEMPEST
Author : William Shakespeare

夏《なつ》の夜《よ》の夢《ゆめ》・あらし

新潮文庫　シ－1－8

昭和四十六年七月三十日　発　行
平成十五年十月二十日　五十六刷改版
平成三十年二月五日　七十一刷

訳者　福《ふく》田《だ》恆《つね》存《あり》
発行者　佐藤隆信
発行所　株式会社 新潮社

郵便番号　一六二―八七一一
東京都新宿区矢来町七一
電話 編集部(〇三)三二六六―五四四〇
読者係(〇三)三二六六―五一一一
http://www.shinchosha.co.jp

価格はカバーに表示してあります。

乱丁・落丁本は、ご面倒ですが小社読者係宛ご送付ください。送料小社負担にてお取替えいたします。

印刷・錦明印刷株式会社　製本・憲専堂製本株式会社

ISBN978-4-10-202008-1 C0197